KB039643

풍의 여행

달아실
한국소설
019

풍의 여행

김도연 소설

달
아
실

|차례|

풍의 여행

1. 길 떠나는 풍

안녕……

성황사에서 지내는 제례가 모두 끝난 모양이었다. 징과 꽹가리 소리가 길도 없는 숲을 향해 올라오고 있었다. 산신각 옆 도토리나무 숲으로 울긋불긋한 무녀의 저고리가 연둣빛 나뭇잎들 사이로 선명하게 보였다. 사진기자들은 징소리에 놀란 고라니처럼 나무들이 무성한 산비탈 여기저기로 서로 더 좋은 자리를 잡으려고 뛰어다녔다. 카메라를 든 채 해묵은 마른 낙엽에 미끄러지거나 넘어지기도 했는데 그들의 관심사는 오직 앞장 선 제관(祭官)과 뒤따르는 뚱뚱한 대장무녀에게만 집중돼 있었다. 머리에 유건(儒巾)을 쓰고 옥색 단령(團領)을 입은 제관은 천천히 산비탈을 올라오며 이곳저곳을 두리번거렸다. 두 사람 뒤로는 다른 제관들과 무녀들, 양중(兩中)들, 그리고 구경꾼들까지 더해 숲은 부산스럽기 이를 데 없었다. 풍은 알고 있었다. 무엇인가를 찾는 제관과 대장무녀가 요란한 꽹가리 소리를 뚫고 얼마 지나지 않아 자신을 찾아오리라는 것을. 그 생각을 하자마자 바람 한 점 없는 오월 한낮임에도 풍의 몸은 눈보라치는 한겨울처럼 떨리기 시작했다.

— 자, 올해는 누가 신목이 될래?

대장할아버지나무의 차분한 목소리가 안개 자욱한 아침 단풍나무 숲으로 가라앉았다. 모습을 찾을 수 없는 까마귀 울음이 대답을 재촉하듯 이따금 허공에서 내려왔지만 나무들은 침묵을 지켰다. 단옷날이 가까워지면 매년 되풀이되는 일이었지만 쉽게 결정을 내릴 사안은 아니었다. 할아버지나무도 그걸 알기에 젊은 나무들 중 누가 스스로 신목이 되기로 자원을 할 때까지 기다려주었다. 이레 전에 이미 공지를 한 터라 다들 나름대로 고심의 시간을 보냈을 것이었다. 풍은 가지의 연둣빛 잎들에 처억처억 달라붙는 안개의 서늘한 촉

감을 느끼며 입을 열까 말까를 망설였다. 까마귀는 성황사 근처에서 다시 울음을 이어갔다. 마치 성황신의 재촉을 전하는 것 같아 풍은 조바심이 났다.

— 전염병이 누그러졌으니 올해 단오장은 볼거리가 많을 거야.

— 지난 세 해는 그놈의 염병 때문에 아예 장이 서질 않았다잖아.

— 아니, 평생 한 자리에서만 사는 분들이 그걸 어찌 안대요?

— 여기 기도하러 오는 무속인들이 떠드는 소릴 듣고 알았지, 어찌 알았겠어.

— 십 년만 젊었어도 내가 내려가서 단오구경이나 실컷 하겠는데 말이야.

— 그럼 젊었을 때 하지 왜 안 했어?

— 무서웠으니까 안 했지, 왜 안 했겠어!

어른 나무들이 뒤편에서 두런거리는 대화를 들으며 풍은 두근거리는 마음이 진정되길 기다렸다. 오래 생각했고 결론을 내린 상태였지만 이상하게 막상 말을 하려고 하니 땅속으로 뻗어 내려간 뿌리처럼 입이 쉽게 움직여지지 않았다. 어른 나무의 말처럼 풍도 무서웠다. 하나뿐인 목숨을 한 달도 채 되지 않는 기간의 단오 여행과 바꾼다는 게 비로소 무서워졌다. 아직 말을 꺼낸 건 아니니 지금이라도 생각을 되돌리고 싶었다.

— 근데 언제부터 우리가 직접 신목을 정했지?

— 그게…… 꽤 됐지, 아마.

— 아니, 옛날처럼 성황님더러 직접 정하라고 하면 매년 이렇게 골치 아파할 필요가 없잖아.

풍의 뒤편 산비탈에서 사는 어른 나무들이 다시 두런두런 말을 이어갔다. 풍은 그 말에 귀를 기울였다. 숲을 덮었던 안개가 조금씩 걷히고 있었다. 여러 마리로 늘어난 까마귀들은 배가 고픈지 울음을 멈추지 않았다. 무속인들이 찾아와 기도를 드리고 남은 음식을 던져줘야만 잠잠해질 것이다.

— 그러니까 선대 어르신께서 우리 운명은 우리가 결정하게

해달라며 성황님과 담판을 지었단 얘기지? 어린 나무들을 보호하려고?

— 그렇지.

— 아무리 그렇다 하더라도 성황님이 그 요굴 고분고분 들어줄 리가 없잖아? 성깔이 만만찮은 거 같던데.

— 신목은 요즘 식으로 얘기하자면 신이 타고 가는 자동차나 마찬가지야. 자동차는 편할수록 좋지. 성황님이 신목을 타고 아흔아홉 구비 대관령 험한 고갯길을 내려가 아내에게 들렀다가 함께 단오장까지 가는 건데, 좋은 차, 그러니까 편안한 신목을 타는 게 낫지 않겠느냐고 설득한 거지.

— 결국 양보를 했고 그때부터 우리가 직접 우리 운명을 결정할 수 있게 되었다?

— 그래서 아직 어린 나무를 보호할 순 있게 되었지. 하지만 매년 신목을 정해야 하는 운명에서 벗어난 것은 아니지……

안개가 사라지면서 대관령을 넘어온 햇살이 울창한 유월의 숲으로 파고들었다. 바람이 따라 들어와 술렁거렸다. 까마귀들은 잠시 침묵했다.

― 제가 신목이 되겠습니다.

숲이 웅성거렸다.

― 누구냐?

― 풍입니다.

― ……결심이 확실한 거냐?

할아버지나무의 목소리가 숲의 웅성거림을 잠재웠다. 가까운 곳에서 자라는 친구들과 어른들이 놀란 눈으로 풍을 바라보았다. 떨리는 목소리로 풍은 그렇다고 대답했다.

― 신목이 되기로 결심한 이유가 무엇이냐?

풍의 말을 기다리는 숲은 다시 정적에 휩싸였다.

― ……더 넓은 세상을, 보고 싶습니다.

― 네 목숨과 바꾸는 것인데 후회하지 않겠느냐?

― ……풍아!

저 아래편 도토리나무 옆에서 엄마나무가 흐느끼는 소리가 들려왔다. 풍은 애써 그곳으로 눈을 돌리지 않았다. 거리가 떨어져 있어 그나마 다행이었다. 까마귀들이 다시 울기 시작했다.

양손을 흰 천으로 감은 제관이 풍의 앞에 도착했다. 뚱뚱한 대장무녀는 숨을 헉헉거렸다. 무녀들과 악기를 연주하는 양중들, 사진기자들, 그리고 구경꾼들이 속속 몰려들었다. 잠시 줄기와 가지를 훑어보던 제관은 결심을 굳힌 듯 두 손으로 풍의 허리를 움켜잡고서 눈을 감은 채 고개를 숙였다. 그때 풍은 느꼈다. 할아버지나무가 있는 쪽에서 어떤 강력한 기운이 내려와 풍이 허공에 펼쳐놓은 가지들을 흔들고 있다는 것을. 다른 나무들은 아무런 기척도 없는데 오로지 풍의 가지들만 춤을 추듯 반짝이는 햇살을 튕겨내자 구경꾼들의 입에서 탄성이 새어나왔다.

"아이구야, 우리 서왕님께서 강림하셨네요! 어어어아아- 우리 서왕님네 잎마다 가지마다 설설이 강림하옵소서!"

대장무녀의 사설에 맞춰 양중들이 장구와 제금, 징을 일제히 연주했다. 초여름임에도 풍은 한기에 떨었다. 몸이 아니라 마음이 더 추웠다. 사람들은 신의 강림을 기뻐하고 있었지만 정작 당사자인 풍은 넋을 잃어버린 상태였다. 다리가 있었다면 멧돼지처럼 더 깊은 산속으로 달아났을 게 분명했지만 풍에게는 다리가 없었다. 그리고……마침내……톱을 든 제관이 풍에게 다가왔다. 악기 소리가 최고조로 치닫고 날카로운 톱날은 풍의 밑동을 파고들었다. 대여섯 번의 톱질에 줄기는 휘청 꺾였는데 쓰러지는 풍을 안아준 이는 처음 두 손으로 풍을 잡았던 제관이었다.

신목이 된 풍은 제관의 품에 안겨 그동안 살아왔던 산을 떠났다. 제관이 풍의 다리가 되어준 셈이었다. 산을 내려오면서 풍은 마지막으로 출렁거리는 숲의 풍경들을 놓칠세라 하나하나 담았다. 다시 돌아올 수 없는 곳이었다. 꽃이 피고 단풍이 들고 폭설이 쌓이던 숲이었다. 안개가 감기고 세찬 바람이 채 물들지도 않은 잎들을 할퀴던 골짜기였다. 밤이 되면 먹이를 찾아 선자령에서 내려온 멧돼지, 고라니, 담비들이 어슬렁거렸던 길목이었다. 무엇보다도 태어나 한 번도 떠나지 못했던 풍의 고향이었다. 풍은 밑동이 잘려나간 아픔도 잊은 채 마지막으로 숲을 일별한 뒤 소란스러운 성황사 마당으로 들어섰다.

오색 예단을 손에 든 할머니들이 성황사 마당에 도착한 풍을 향해 몰려들었다. 성황사 일대가 뒤집힐 정도로 요란한 악기 소리에 풍은 정신을 차릴 수 없었다. 무녀들은 덩실덩실 춤을 추었고 그녀들의 저고리와 치마 색깔을 닮은 예단들이 풍의 가지마다 주렁주렁 매달렸다. 풍의 가지들이 무게를 못 이기고 부러질 정도가 돼 제관들이 달려들어 예단을 도로 벗겨내자 할머니들의 원성이 이곳저곳에서 피어났다.

"아이고, 제관님들, 우리 할머이들 소원성취하자고 정성스레 걸었는데 그걸 금방 도로 벗겨내면 어쩝니까? 우리가 한바탕 축원을 드릴 테니 벗겨내더라도 그 담에 벗겨내이소. 그리고 강릉에서 대절버스 타고 여까지 올라온 우리 할머이들, 신목이 너무 무거우면 우리 제관님도 이젠 나이가 들어 품에 안고 대굴령 고갯길을 못 내려갑니다. 여서 굿 한번 더하고 조금 벗겨냈다가 강릉 단오장 가면 내가 책임지고 다시 걸어줄 테니 걱정마이소. 알아들으셨지요?"

대장무녀가 마이크를 들고 진정을 시키자 그제야 잠잠해졌다. 무녀들과 양중들은 풍을 가운데에 놓고 다시 춤과 연주를 이어갔다. 풍은 꿈을 꾸듯 오색 물결이 넘실거리는 성황사 마당을 바라보았다. 신목을 모셔가기 위한 행사에 이렇게 많은 사람들이 모여들 줄은 미처 예상하지 못했다. 숲에서 빠져나오니 성황사 마당은 물론이고 산신각 아래 언덕에도 구경 온 사람들로 가득했다. 특히 주름이 자글자글한 할머니들이 많았다. 풍은 손가락으로 떡을 떼어 입에 넣고 오물거리는 할머니들을 바라보았다. 두 손을 비비는 그녀들의 시선은 풍에게서 떨어지지 않았다. 신목이 되지 않았더라면 결코 받을 수 없는 대접이었다. 한 그루 단풍나무였던 풍이 신목으로 변신하자 온 세상이 달라진 거나 마찬가지였다.

"무겁지 않아요?"

소란스런 와중에 누군가 말을 걸어와 풍은 깜짝 놀랐다. 여자의 목소리였다. 풍은 가지에 치렁치렁 걸쳐놓은 오색 예단 너머를 두리번거렸는데 붉은 갓을 쓴 동그란 얼굴의 어린 무녀가 미소를 짓고 있었다.

— ……괜찮아요.

"조금 있음 가볍게 해드릴 거예요. 참, 아까 톱에 잘릴 때 아프지 않았어요?"

— ……정신이 없었어요. 근데…… 제 목소리가 들려요?

그러나 풍은 어린 무녀의 답변을 들을 수 없었다. 대장무녀의 간단한 축원이 끝나자 제관들이 달려들어 풍의 가지에서 예단을 벗겨내느라 바빴다. 어린 무녀의 작고 빨간 입술만 허공에서 잠시 떠다니다가 사라졌다. 어느 정도 예단을 벗겨내자 풍의 가지도 제 모습을 되찾았다. 골짜기를 가득 메웠던 구경꾼들은 하나둘 자리에서 일어나 떠날 채비를 했다. 숲에서 풍을 안고 내려왔던 나이 든 제관도 다시 풍을 안았다. 풍의 몸이 둥실 떠올랐다. 이제 대관령 국사성황사 골짜기를 영영 떠나야 할 시간이었다.

키가 훌쩍 커진 풍은 산신각 뒤편 단풍나무숲을 오래 바라보았다.

— 풍아, 오늘 밤이 마지막 밤이네.

— 내일이 사월 보름이니까.

둥근 달이 대관령을 밝히고 키 큰 도토리나무 가지에서 소쩍새가 우는 밤이었다. 풍은 잠들지 않은 채 바로 옆에서 자라는 친구들과 작은 목소리로 이야기를 나누고 있었다. 숲은 미풍에 흔들리는 잎사귀 사이로 내려온 달빛으로 온통 반짝거렸다. 마치 자글자글 끓고 있는 것 같았다.

— 풍아, 정말 무섭지 않아?

— ……

하늘의 둥근 달은 서쪽으로 조금 자리를 옮겨 앉아 있었다. 풍은 친구들의 소곤거리는 소리를 들으며 달을 쫓았다.

— 내일이라도 안 하겠다고 해.

— 어차피 우리들 중 누군가는 해야 되는 일이잖아.

풍의 목소리는 담담했다.

— 그렇지. 매년 단옷날이 찾아오면 누군가는 신목이 되어야지. 하지만 왜 우리들 단풍나무만 신목이 돼야 하는 거지? 다른 나무들도 많은데.

— 단풍나무가 보기에 좋아서 그런 게 아닐까.

─ 이해가 안 되는 게 또 있어. 성황신이라면 능력이 출중할 텐데 그냥 단오장으로 내려가면 되지 굳이 신목을 타고 가야 하나?

─ 신은 사람들 눈에 보이지 않으니까 신목이 필요한 걸 거야.

─ 신목만 불쌍한 거지……

─ 아무도 신목의 운명에 대해선 생각하진 않을 거야……

─ 애들아, 나는 괜찮아. 밤이 깊었으니 이제 그만 자자.

자정이 넘어서자 숲은 고요했고 조금씩 흔들리는 달빛만 어른거렸다. 산짐승들의 기척도 없는 밤이었다. 풍은 숨 막힐 듯한 숲의 정경을 하나하나 살펴나갔다. 멧돼지 일가족이 땅을 파헤쳐 먹을 것을 찾던 굴참나무 아래. 눈이 어여쁜 고라니가 잠시 쪽잠을 자곤 했던, 줄기와 잎이 울창한 칡넝쿨 아래. 그리고 징검돌을 건너듯 까마귀들이 옮겨 다니던 키 큰 가래나무와 도토리나무들의 가지들. 가을이면 그 나무들을 오르내리던 다람쥐와 청설모들. 그리고 평생 같은 자리에서

잎을 물들이고 열매를 맺는 나무들. 풍도 그 나무들 중 하나였다. 어디 그것뿐인가. 대관령의 긴 겨울이 가고 봄이 오면 어김없이 땅속에서 하나둘 올라와 꽃을 피우는 복수초와 얼레지. 그것을 시작으로 숲의 이곳저곳에서 가을까지 피어나는 꽃들과 헤어질 시간이 얼마 남지 않은 것이었다. 풍은 숲의 곳곳에 눈길을 주고 가만히 눈을 감았다. 눈을 감아도 숲은 환했다.

제관은 오색 예단을 주렁주렁 매달은 풍을 한쪽 어깨에 걸치고 성황당 옆의 고갯길을 올라갔다. 풍의 두 다리가 되어 준 셈이었다. 행차의 선두에는 성황의 신위를 든 제관이 걷고 그 뒤로 헌관(獻官)들과 제관, 신목, 그리고 무녀와 양중들이 길게 꼬리를 이었는데 노래와 춤도 빠지지 않았다. 무녀들이 두 손을 흔들며 노래를 하면 양중들이 뒷소리를 넣었다.

꽃밭일레 꽃밭일레 사월 보름날 꽃밭일레 기화자자 영산홍

이야에 에헤야 에이야 얼싸 기화자자 영산홍

일 년에 한 번밖에 못 만나는 우리 연분 기화자자 영산홍

이야에 에헤야 에이야 얼싸 기화자자 영산홍

여태까지 왔다는 게 이게 겨우 반쟁이냐 기화자자 영산홍

이야에 에헤야 에이야 얼싸 기화자자 영산홍

무녀들이 부르는 '영산홍가'를 듣던 풍은 그제야 이 행차가 단오제를 맞아 대관령 국사성황이 강릉에 있는 아내인 여성황을 만나러 가는 길임을 떠올리고 출렁거리는 나뭇가지들을 두리번거렸다. 하지만 어느 가지에도 아까 성황당에서 보았던, 수북한 검은 수염에 갓을 쓴 성황의 모습은 보이지 않았다. 신은 보이지 않는다는 건 알고 있지만 어떤 기척도 느껴지지 않았다. 순간 풍은 덜컥 겁이 났다. 여러 모로 경황이 없던 차에 그만 가지에서 떨어뜨린 건 아닌지 걱정이 되었다.

그렇다면 성황을 태우고 가는 신목으로선 큰일 중의 큰일이었다. 풍은 기린처럼 목을 치켜들고 뒤편 산비탈을 살폈다. 땅바닥으로 떨어져 낙엽 속에 처박혀 있을지도 모를 성황을 찾아서. 제관과 무녀들은 왜 아무런 내색이 없는 거지? 아직 눈치를 채지 못한 걸까? 풍의 마음은 점점 더 조급해졌지만 가까이 있는 이들에게 그 사실을 전할 방법이 없었다. 아, 성황당에서 내게 말을 건네 온 애기무녀는 어디에 있지? 하지만 애기무녀는 좁은 산길의 나뭇가지에 가려 보이지 않았고 그 가지들 사이에 활옷을 입은 무녀들이 얼핏얼핏 보였지만 다리가 없는 풍으로선 다가갈 방법이 없었다. 풍을 어깨에 걸친 제관은 수행자처럼 한 걸음 한 걸음 고갯길을 내려가고 있었고. 처음 겪는 일이라 안절부절 못하고 있던 풍은 혹시나 하는 마음으로 입을 열었다.

— 성황님?

풍의 가지들은 출렁거리기만 할 뿐 대답이 없었다. 풍의 앞뒤에 있는 사람들도 걷기만 했다. 풍은 목소리를 더 높였다.

— 국사성황님, 어디 계세요?

— 아따, 이놈아, 귀청 떨어지겠다! 단잠 잘 자고 있는데 왜 찾고 난리야?

— ……어디 계세요? 제 눈엔 안 보이는데.

— 운전수한테 내 모습을 왜 보여주냐. 날 찾은 이유가 뭐야?

— 혹시 떨어져 다치신 건 아닌가 하고……

— 떨어져? 국사성황인 내가 신목에서 떨어진다고? 이놈이 신목이 되었다고 날 무시하네!

— ……모습을 보여주시면 안 되나요?

풍은 자신의 가지들을 두리번거리며 뜻을 전했다. 그래야 안심이 될 것 같았다.

— 볼 수 있는 눈을 지닌 사람은 다 보니 걱정하지 마라. 넌 니 할 일이나 제대로 하면 된다.

— 그래도 제가 신목인데 저한테는……

— 아, 이놈 말 많네. 신은 원래 모습을 잘 드러내지 않아. 그래서 신인 거야. 니 어깨에 잘 앉아 있으니 걱정일랑 말고 세상 구경이나 잘 해라.

그때 제관이 돌부리에 걸렸는지 갑자기 비틀했다. 풍도 덩달아 온몸이 휘청 출렁거렸다. 길의 오른쪽은 낭떠러지였다. 다행히 제관은 넘어지지 않고 몸을 바로잡았다.

— 저, 저…… 제관을 갈아치우든가 해야지. 하마터면 떨어질 뻔했네. 나이 들더니 갈수록 힘이 떨어져.

— 신은 안 떨어진다면서요?

말이 미처 사라지기도 전에 가지 하나가 강풍을 맞은 듯 일렁이더니 풍의 다른 가지를 뺨을 때리듯 후려쳤다. 풍은 신음도 내뱉지 못하고 가지에서 떨어지는 푸른 잎들을 내려다보았다.

— 아직도 내가 안 보이냐?

— ……보이는 것 같기도 하고, 그렇지 않은 것 같기도 하

고. 잘 모르겠어요.

— 한숨 잘 테니 깨우지 말거라.

행차 행렬은 좁은 고갯길을 모두 내려와 어느덧 차들이 지나다니는 대관령 반정에 도착해 있었다. 풍은 확 트인 시야를 처음 보고 깜짝 놀랐다. 산들이 저 아래로 달려 내려갔고 그 산들이 멈춘 곳에 자리 잡은 오동잎만 한 크기의 강릉 시가지가 보였다. 그동안 얼마나 높은 곳에서 살고 있었는지 체감하는 순간이었다. 물론 풍은 알고 있었다. 이 근방에서 강릉이 가장 큰 도시라는 사실을. 하지만 어쨌든 반정에서 내려다보이는 강릉은 오동잎 한 장으로도 충분히 가릴 수가 있었다. 그런데…… 그게 다가 아니었다. 오동잎 뒤편으로 끝없이 펼쳐져 있는 것은 바로 말로만 들었던 푸른 바다였다. 바다는 활처럼 둥글게 휘어 있었다. 풍은 그 큰 활이 힘껏 당기고 있는 화살이라도 된 것처럼 온몸을 파르르 떨었다. 바다 너머에는 아무것도 없었다.

"바다 처음 보니 어때요?"

성황당에서 말을 걸어왔던 애기무녀였다.

─ ……땅에 있는 하늘같아요.

"와, 시인처럼 말하네!"

─ 내 목소리가 들려요?

"들리니까 이렇게 대답하는 거죠. 나는 무녀라 신목의 말을 들을 수 있어요. 무녀는 신과 인간을 이어주는 일을 하는 사람이에요. 단오제 기간 동안 나랑 매일 만날 거예요. 궁금한 게 있음 나한테 물어보면 돼요. 그리고 모든 무녀가 신목의 말을 들을 수 있는 건 아녜요. 아 참, 혹시 이름이 있어요?"

─ 풍. 숲에서 다른 나무들은 나를 풍이라고 불렀어요.

"내 이름은 단이에요. 모르는 사람들은 보통 애기무당, 새끼 무당이라 그러고. 몇 살이죠? 나무들 세계에도 나이는 있을 거 아니에요?"

— 스무 살.

"와, 나랑 동갑이다! 친구하면 되겠네. 그럴 거지?"

대관령 반정에서 휴식을 취했던 행차 행렬은 다시 떠날 채비를 했다. 이번에는 모두 차량을 타고 이동하는 방식이었다. 풍의 자리는 작은 트럭이었다. 제관들은 밧줄로 풍의 몸을 짐칸에 단단하게 고정시켰다. 풍은 짐칸 위에서 대관령 굽이굽이를 돌아 내려가는 길을 바라보았다. 제관의 품에 있을 때보다 키가 한층 더 커진 느낌이었다. 트럭 아래서 대장무녀와 제관이 무엇인가를 논의하고 있을 때 사라졌던 단이 나타나 풍을 가리키며 입을 열었다.

"제가 짐칸에 같이 타면 안 될까요?"

"위험해서 안 돼."

대장무녀의 목소리는 단호했다. 제관도 고개를 끄덕거렸다.

"적적하실 것 같아서 그래요."

"천천히 갈 거지만 그래도 고갯길이라 위험해. 어른들 일에 나서지 말고 네 자리로 돌아가."

"네 뜻은 알겠지만 때가 때인지라 부정 탈 만한 일은 조심해야 한다."

제관도 거들었다. 자그마한 얼굴의 단은 두 사람에게 깊이 고개를 숙여 인사했다. 돌아가는 단의 붉은 갓과 오색 활옷을 보자 풍은 왠지 눈물이 날 것 같았다.

트럭은 대관령 옛길을 돌고 돌았다. 고갯길을 내려갈수록 길옆의 나뭇잎들은 연두에서 초록으로 짙어갔다. 먼 산엔 드문드문 산벚나무가 꽃을 활짝 피우고 있었다. 풍은 바람에 온몸을 맡긴 채 굽이를 돌 때마다 어지럼증을 느끼면서도 새롭게 펼쳐지는 낯선 풍경들을 구경하느라 바빴다. 걸어서 이동하는 모습도 아름다웠지만 경찰차를 선두로 비상등을 깜박이는 차량들이 줄을 지어 내려가는 행차는 장관이었다. 고갯길을 올라가는 차량에 탄 사람들은 창을 열고 손을 흔들어 주었다. 경적을 울려 환영하는 차량도 있었다.

― 대관령 촌놈이 아주 얼이 나갔구나. 이놈아, 아직 갈 길이 멀었다.

― 성황님이야 매년 있는 일이지만 저는 처음이잖아요.

― 멀미는 안 했냐?

― ……나무가 무슨 멀미를 해요.

― 그건 그렇구나. 어쨌든 넌 내 덕분에 출세한 거야.

제 목숨과 바꾼 거잖아요. 풍은 튀어나오려던 말을 겨우 삼켰다. 성황의 핀잔을 듣고서야 풍은 울렁거리고 달뜬 마음을 조금 추스를 수 있었다.

그 사이 고갯길을 모두 내려온 트럭은 산 아래 첫 마을인 구산 서낭당으로 들어섰다. 이미 대기하고 있던 마을사람들이 박수를 치며 신목을 맞이했다. 허리가 구부러진 할머니들이 다가와 풍의 가지에 걸린 예단을 만지며 중얼거렸다.

"아이고, 국사서낭님, 어서 오십시오. 대관령 내려오느라 욕봤습니다."

"올해도 우리 마을에 복 많이 내려주시우야."

서낭당 안에는 이미 제물이 차려져 있었다. 돌담에 기댄 풍은 저편 상수리나무 아래에 있는 단의 모습만 줄곧 살폈다. 하얀 띠 수건을 머리에 두르고 그 위에 붉은 갓을 쓴 단은 무녀들 중에서도 단연 눈에 띄었다. 카메라를 든 꽁지머리 사진기자며 구경꾼들도 은근슬쩍 그녀를 찍느라 바빴다. 단은 거의 무표정에 가까운 표정으로 제례를 지내는 제관들과 서낭당만 바라았다. 그 시선 안에 신목도 들어 있을까. 작고 붉은 입술을 굳게 다문 채 절을 올리고 일어나기를 되풀이하는 단을 훔쳐보는 풍의 가슴이 두근거렸다. 왔다갔다하는 사람들 사이에서 단은 한 송이 모란꽃처럼 피어 있었다.

— 너, 아까부터 무슨 생각을 그리 골똘히 하는 게냐?

— ……아무 생각도 안 하는데요.

— 이놈이 신을 속이려고 드네. 너, 신을 속이면 어떤 벌을 받는지 아직 모르는 모양이구나.

— 너무 피곤해서 진짜 아무 생각이 없어요.

구산 서낭당을 떠난 트럭이 강릉 시내 초입으로 들어섰다. 트럭은 성황의 고향인 강릉 학산으로 향할 예정이었다. 옛날 옛적 성황은 범일국사라는 칭호를 받았던 유명한 스님이었는데 입적 후 오랜 세월이 흐른 뒤 강릉사람들에 의해 대관령 국사성황으로 추앙받고 있었다. 대관령에서 살 때부터 풍으로선 다소 납득하기 어려운 점이었다.

— 성황님, 성황님은 생전에 신라의 고승이었는데 왜 성황님이 되셨나요?

— ……뭐라? 내가 전생에 중이었는지 어떻게 아는 거냐?

— 제가 태어나서 오늘 오전까지 대관령 국사성황사 옆에서 살았잖아요. 매일 얻어듣는 얘기가 얼마나 많겠어요.

— 오, 요놈 봐라. 그래, 전생이 중인 놈은 죽어서 성황이 되면 안 되는 거냐?

— 부처님이 그러라고 하셨어요?

— 풍아, 부처님은 그런 거 신경 안 쓰신다.

— 제 이름을 어떻게 아세요?

— 너랑 애기무녀랑 둘이서 속닥거리고 있을 때 알았다, 요놈아.

— 주무시고 계신 줄 알았어요. 성황님 제발 신목인 제게만 모습을 보여주세요.

— 누구 좋으라고.

— 그래야 제가 실수를 안 저지르죠.

— 풍아, 신은 원래 모습을 드러내지 않는 법이야.

— 그럼 사람들이 신을 의심할 수 있잖아요.

— 그러라고 신이 있는 거야.

— ……무슨 소린지 통 모르겠어요.

— 시간이 지나면 알게 되니 걱정 마라.

성황과 풍을 태운 트럭은 넓은 논이 펼쳐진 곳을 달렸다. 모내기가 끝난 논엔 연둣빛 물결이 출렁이고 있었다. 학 몇 마리가 그 논에 발을 담근 채 논물을 가만히 들여다보고 있는 유월의 오후였다.

굴산사지가 근처에 자리한 학산의 서낭당은 소나무 숲 그늘 아래에 건물 없이 돌담만 둥그렇게 원을 그리고 있었다. 구산 서낭당과 마찬가지로 마을사람들은 이미 돌담 안에 제사상을 차려놓고 기다리고 있었다. 서낭당을 찾아와 소지를 올리는 할머니들의 표정은 어디나 한결같았다. 무녀들은 등이 구부러진 미륵 같은 그녀들의 바람을 정성껏 듣고 축원을 해주었다. 대장무녀의 서낭굿이 벌어지자 단도 자리에서 일어나 무녀들과 함께 덩실덩실 어깨춤을 추었다. 옛날 옛적 이 마을에 한 처녀가 살고 있었는데, 평소와 같이 어느 날 물동이를 이고 우물에 물을 길러 갔다. 우물의 물을 퍼서 담던 처녀는 어느 순간 바가지에 담긴 해를 보고 갈증을 느꼈고 그 물을 마셨는데 그만 임신이 되었다. 달이 지나고 해가 지나 아기가 태어났지만 아비 없이 태어난 아기를 좋아할 사람은 없었다. 결국 갓난아기를 마을 뒷산의 학바위에 갖다

버려야만 했다. 며칠 후 집안사람들이 확인 차 학바위에 가 보니 놀랍게도 학 한 마리가 아기에게 붉은 열매 비슷한 것을 먹이며 보호하고 있었다. 뭔가 예사롭지 않은 기미에 아기는 다시 집으로 돌아오게 되었다. 그 아기가 자라 훗날 신라의 고승인 범일국사가 된 것이었다. 범일국사는 구산선문(九山禪門)의 하나인 굴산선파(崛山禪派)를 창시했고 고향 굴산사에 사십여 년 간 머무르며 영동지역에 선불교를 전파했다. 단의 춤사위를 보던 풍은 문득 학바위에서 아비 없는 갓난아기를 보살피던 학의 모습을 떠올렸다. 단은 마치 한 마리 학 같았다.

― 풍아, 무엇이 보이냐?
― 키가 무척 큰 당간지주가 보입니다.
당간지주는 왠지 이쪽 세상과 저쪽 세상을 연결하는 거대한 더듬이처럼 보였다. 성황과 풍이 탄 트럭은 그 옆을 지나가고 있었다.

— 굴산사는 안 보이냐?

— 절은 보이지 않고 논만 펼쳐져 있습니다.

— 그게 세상이다.

— 쉽게 얘기해주세요.

— 절이 사라졌으니 성황이라도 해야 하지 않겠느냐.

— 에이, 그런 게 어디 있어요?

— 풍아, 나도 내가 누군지 모른다.

순찰차의 인도를 받아 강릉 시내 중심가로 접어들자 마침 토요일이라 거리로 쏟아져 나온 젊은이들이 환호성을 내질 렀다. 풍으로선 의외의 상황이었다. 나이 많은 사람들만 신 목을 반길 거라는 예상과 전혀 다른 상황에 어리둥절할 따 름이었다. 젊은이들은 좋아하는 연예인을 거리에서 우연히 만나기라도 한 것처럼 트럭을 쫓아왔다. 휴대폰으로 사진을 찍으며. 사거리에서 붉은 신호등에 트럭이 멈추자 도로에까지 들어와 사진을 찍느라 온통 야단법석이었다. 풍의 어깨에 힘이 잔뜩 들어가지 않을 수 없었다. 게다가 처음 보는 상점들의 휘황찬란한 모습까지 더해지니 정신을 차릴 수 없었다.

— 실컷 봐둬라. 당분간 홍제동에서 보름 넘게 갇혀 지내야 할 테니.

성황의 목소리는 왠지 풀이 죽어 있었다.

— 성황님, 어디 안 좋으세요?

— 마음이 울적하다……

— 왜요?

— 그런 게 있다.

강릉대도호부 사거리를 통과하자 거리는 이내 한산해졌다. 트럭은 큰길을 벗어나 남대천 가까운 길로 접어들었다.

— ……신도 울적할 때가 있는 건가요?

— 풍아, 신이라고 해서 마냥 즐겁기만 한 건 아냐. 신도 힘든

게 많단다.

— 미처…… 몰랐어요.

— 너도 세월이 흐르면 신이 될지도 모르니 내 얘길 명심해야 한다.

국사여성황사는 홍제동 남대천변에서 성황을 기다리고 있었다. 부부 성황이 일 년 만에 만나는 자리였다. 풍이 대관령에서 전해들은 얘기는 이렇다. 옛날 옛적 어느 날 밤 강릉 사는 정씨 처녀의 아버지는 꿈에서 대관령 성황을 만났다. 정씨의 딸을 아내로 맞아들이고 싶다는 말에 아버지는 사람이 아닌 성황에게 여식을 줄 수 없다고 거절했다. 정씨는 꿈을 꾼 다음날부터 딸의 문밖출입을 금했다. 그러던 어느 날 밤 딸이 노랑저고리에 다홍치마를 입고 아버지 몰래 방을 나와 뒷마루에 앉아 보름달과 장독대 옆의 꽃을 구경하며 갑갑함을 달래고 있는데 성황이 거느리고 있던 호랑이가 이때구나 하고 물고 가버렸다. 꿈을 떠올린 정씨는 사람들과 함께 대관령 성황당으로 찾아가니 이미 딸은 죽어버린 뒤였다. 더군다나 땅속에 박힌 비석처럼 딱딱하게 굳어 있어 시신이 땅에서 떨어지지도 않았다. 수소문 끝에 아버지는 점술사의 말대로 화공을 불러 딸의 모습을 그리게 하니 그제야 땅에서 떨어졌다고 한다. 그렇게 정씨의 딸은 죽어서 대관령 성황과 부부가 되었다고 하는데 그날이 바로 음력 4월 보름이었다. 그러니까 단옷날에 앞서 혼인식 날을 기념하기 위해 대관령의 성황을 미리 모셔온 것이었다. 점점 더 복잡해지는 심사를 억누른 채 풍은 활짝 열어놓은 문을 통해 방안에 걸린 화상(畵像)을 들여다보았다. 노랑저고리에 다홍치마를 입은 여성황이 호랑이 옆에 다소곳이 앉아 있었다.

"국사여성황님, 그동안 잘 지내셨지요? 대관령에서 국사성황님 모시고 내려왔습니다! 지금부터 봉안식 올리겠습니다."

대장무녀의 목소리가 마당으로 울려 퍼졌다.

"당분간 못 보겠네."

단이었다.

— 저 안에서 보름 넘게 지내야 한다고?

"응. 넌 신목이니까. 너도 두 분과 같이 지내야 돼."

— 갑갑할 것 같아. 나는 산에서만 살았지 집안에서는 한 번도 살아본 적이 없어.

"넌 잘 지낼 수 있을 거야. 내가 매일 기도해줄게."

풍은 제관의 품에 안겨 부부 성황의 위패를 나란히 모셔놓은 여성황사 안으로 들어갔다. 풍의 자리는 위패를 바라볼 때 오른쪽이었다. 특이한 점은 물을 담아놓은 통이 있었는데 제관은 풍의 밑둥치를 거기에 꽂았다. 시원했다. 사람으로 치자면 종일 걸은 탓에 발에 몰려 있는 노독을 푸는 것과 비슷한 듯했다. 시원한 물에 밑둥치를 담근 채 생각해보니 태어나 지금까지 겪었던 하루 중에서 가장 긴 하루였다. 하루가 마치 일 년을 산 것 같았다. 풍은 축원굿을 마치고 소지를 올리는 대장무녀의 옆모습을 보며 태어나 처음 떠난 여행의 일정을 한 장면 한 장면씩 떠올렸다. 제관의 손바닥 위에서 타오르던 소지(燒紙)는 검게 변하더니 호랑나비처럼 허공으로 둥실 떠올랐다가 천천히 바스러지며 가라앉았다.

봉안식이 끝나고 여성황사의 문이 닫혔다.
풍은 문고리에 자물쇠가 걸리는 묵직한 소리를 들었다.
어둠이 검게 타버린 소지처럼 너풀거렸다.

2. 신들의 사생활

— 코 좀 작작 골아요! 시끄러워 잠을 잘 수가 없네.

— ……내가 언제 코를 골았다고 야단이야.

— 그럼 내가 지금 없는 소릴 한다는 거예요?

— 나는 전혀 듣지 못했다니까.

— 코 골며 자는 사람이 어떻게 코 고는 소릴 들어요! 옆에 사람이 듣지.

— ……아니, 내가 일부러 고는 것도 아니고 대체 나더러

— 어떡하라는 거야? 여기에 다른 방이 있는 것도 아니고. 밖에 나가서 자요.

— ……밖에 나가서 자라고?

— 한 번만 더 코 골면 콧구멍을 막아버릴 테니 그리 알아요!

— 나 참……

풍은 자는 척하며 보이지 않는 부부 신의 잠자리 대화를 듣기만 했다. 그나마 목소리만 들릴 뿐 보이지 않아 다행이기도 했다. 아무리 신목이라 하더라도 같은 공간 안에서 신들

과 함께 있어야 한다는 것은 불편한 동거였다. 이곳에서만큼
은 신들의 목소리가 들리지 않는 그냥 나무이고 싶었다. 아
직 하룻밤도 지나지 않았는데 어떻게 보름도 더 넘게 이곳에
서 지낼지 걱정이 앞섰다. 게다가 미처 예상하지 못했는데 일
년 만에 만난 두 부부 신의 관계가 알콩달콩은 아니더라도
그리 원만해 보이지 않다는 것이었다.

— 이 코!

여성황이 소리치자 성황의 코 고는 소리가 멈췄다. 그러나 잠
시뿐이었다. 기차는 다시 달리기 시작했다.

— 저 코!

성황의 코 고는 소리는 풍이 듣기에도 좀 심했다. 별다른 가
구가 없는 좁은 성황사가 드르르 흔들릴 정도였다. 사실 풍
역시 몹시 피곤했지만 초저녁부터 자다가 깨기를 반복했다.
먼 길 오느라 피곤하기도 했겠지만 풍이 판단하기엔 성황이 낮
동안 여러 곳에서 신주(神酒)를 과다하게 흠향한 탓이었다.

— 아이고, 내 팔자야! 일 년 만에 찾아온 서방이란 작자가 고주망태가 돼 코만 드르렁거리고 있으니. 내 이놈의 콧구멍을!

한바탕 소동이 벌어졌다. 밀리는 쪽은 당연히 코 고는 신이었다.

— 숨 막혀 죽을 뻔했잖아!

— 이미 죽은 인간이 죽긴 왜 죽어요!

— 아니 왜 잠을 못 자게 해? 내가 오랜만에 대관령 내려오느라 얼마나 피곤한 줄 알아?

— 기차화통을 삶아 먹은 것처럼 코를 골고 있잖아요!

두 신의 티격태격은 좀체 끝나지 않았다. 어찌 보면 싸우는 것 같고 또 어떻게 보면 부부 간에 대화를 나누는 듯도 해서 그 경계를 정하기가 애매했다. 풍은 부부 신의 끝날 것 같지 않은 이야기를 들으며 밑둥치를 적시고 있는 물통의 물을 온힘을 다해 빨아들였다. 뿌리가 있으면 훨씬 수월했을 텐데 아쉽게도 풍의 뿌리는 대관령에서 함께 내려오지 못했다. 대관령에서 함께 살던 나무들은 어떻게 지내고 있을까. 내 생각을 하고 있을까. 벌써 까맣게 잊어버린 건 아니겠지. 그렇다 하더라도 이제는 돌아갈 수 없는 곳이었다. 촘촘하게 들어찬 어둠 속에서 다시 잠을 청하려던 풍을 깨운 건 여성황이었다.

— 풍아, 니가 얘기해봐라. 이 양반 코 고는 소리가 얼마나 큰지.

— 아, 자는 앨 왜 깨워!

— 여기서 지금까지 눈 붙인 이는 당신밖에 없어요.

— ……좀 심하긴 했어요.

부부 신의 사적인 일에 의견을 보태는 게 부담스러워 풍은 목소리를 낮췄다. 아무것도 보이지 않는 어둠 속에다 대고 말을 하는 것도 영 어색했다.

— 봐요!

— ……내가 잠든 동안에 둘이 짠 건 아니지?

— 아니, 무슨 신이 의심은 그렇게 많아요!

— 하여튼…… 코 고는 건 신도 어쩔 수 없는 일이야.

풍이 보기엔, 물론 보이지는 않지만, 성황당의 두 신은 신이라기보다는 평범한 부부처럼 느껴졌다. 아니, 어쩌면 신들의 세계에 대해 그동안 잘못 알고 있었던 것인지도 몰랐다. 그러니 풍으로선 첫날부터 혼란스러울 수밖에 없었다. 근데 더큰 문제는 앞으로 계속 한 공간에서 셋이서 보름 넘게 지내야 한다는 것이었다. 갈증을 달래려고 풍은 물을 빨아들이려 애를 쓰다가 문득 이상한 점을 하나 발견했다.

— …… 뭐 좀 여쭤봐도 됩니까?

— 귀찮아. 묻지 마.

— 괜찮아. 뭐가 궁금한데?

풍은 생각을 정리한 뒤 입을 열었다.

— 두 분은 결혼을 하신 거잖아요. 그런데 왜 대관령에서 같이 계시지 않고 떨어져 사시는 거죠?

— 에라이, 그걸 질문이라고 하는 거냐!

— 나무가 그걸 어떻게 알겠어요.

성황 부부의 웃음소리가 처음으로 피어났다. 풍은 다소 마음이 놓였다.

— 무엇부터 얘기해줄까. 여러 가지 일이 있는데…… 이 양반 코 고는 것도 그중 한 이유란다. 처음엔 밤에 잠자는 건 아예 포기했을 정도였어.

— 아 그 얘긴 이제 그만 좀 해!

— 그리고 우린 너무 오랫동안 같이 살았어. 인간들이야 고작 한 평생이지만 우린 그렇지 않거든. 대관령은 이 양반 혼자 있어도 충분하니까 난 강릉으로 내려온 거야. 그리고 대관령은 겨울이 너무 길어. 일 년의 반은 겨울이나 마찬가지잖아. 풍이 너도 살아봤으니 알 거 아냐. 춥고 툭하면 폭설이 내려 고립되곤 하잖아. 거긴 여신들이 살 곳은 아냐. 풍이 넌 거기 살면서 안 추웠어?

— ······추웠죠.

— 춥긴 뭐가 추워. 그 정돈 추위도 아냐.

풍은 왠지 질문을 섣불리 건넸다는 느낌을 살짝 받았다. 아니나 다를까. 여성황이 바로 말을 이어받았다.

— 거기 아직도 까마귀가 많지? 난, 세상에서 제일 듣기 싫은 게 까마귀 소리야. 그것들이 한꺼번에 울기 시작하면 소름이 돋았어. 왜 그렇게 기분 나쁘게 우는지 몰라. 안개 덮인 날엔 더 음산하게 들린다니까. 아니, 왜 기도 드린 음식을 까마귀에게 주냐고. 무속인들이 문제야, 문제. 그걸 또 어떻게 알고 온 산의 까마귀들이 다 몰려와 깍깍거리니 그 소리를 누가 가장 많이 듣느냐 말이야. 저네들이야 한 번 와서 꽹과리 두드리고 가면 그만이지만 거기 사는 우린 어떻게 되냐고. 제사 음식 버리고 가는 무속인들 기도는 들어주질 말아야 된다니까. 풍이 넌 어떻게 생각하니?

성황은 다시 잠이 든 모양이었다. 코 고는 소리가 나직하게 들려왔다.

— 까마귀들이나 무속인들 모두 습관이 된 것 같아요.

— 거기가 원래 터가 세서 그렇긴 해. 그나저나 넌 어떻게 신목이 된 거니?

— 제가 자원했어요.

— 세상에! 설마 세상 구경하겠다고 자원한 건 아니지?

— ……맞아요.

— 너도 팔자가 만만찮구나. 세상 구경과 하나뿐인 목숨을 바꾸다니. 용기가 대단해! 하기야 자원을 하지 않더라도 성황당 단풍나무들 중 하나는 어차피 신목이 돼야 하는 운명이니 차라리 자원하는 게 속 시원하겠네. 그래, 오늘 대관령 내려오고 강릉 한 바퀴 돈 소감이 어떠냐?

— 아직 모든 게 얼떨떨해요.

— 풍아, 그리고 보니 니 팔자와 내 팔자가 비슷한 점이 있는 것 같다. 둘 다 목숨을 내주고 신과 신목이 되었으니 참 기구

한 팔자다. 이 코!

커졌던 성황의 코 고는 소리가 여성황의 호통에 다시 잠잠해졌다. 풍도 여성황의 사연을 알고 있었기에 잠자코 다음 말을 기다렸다. 뿌리 역할을 하는 시원찮은 밑둥치로 조금씩 물을 빨아들이며.

— 강릉 바다 위에 보름달이 뜬 밤이었어. 뒷마당에 나갔다가 그만 달빛에 홀려 방으로 들어가지 않고 마루에 앉아 달구경을 했지. 이상하게 그날따라 마음이 묘하더라고. 밤이 깊어지는데 방으로 들어가기 싫은 거야. 달빛에 수런거리는 담장 너머의 대나무 그림자가 마당에서 어른거리는데 자꾸 마음이 달뜨더라고. 나중에 일이 벌어진 후에 생각해보니 저 양반이 대관령 꼭대기에서 무슨 수를 쓴 거였어. 캐물었더니 아니라고 발뺌을 했지만. 마음도 정처 없이 울렁거리는데 얼마 전 아버님이 한 말이 계속 떠오르고. 꿈에 대관령 성황이 나타나 나랑 결혼하고 싶다고 한 얘기가. 풍아, 그게 말이 되

는 얘기라고 생각하니? 아니 어떻게 성황이란 작자가 멀쩡하게 살아 있는 처녀랑 결혼을 하겠다고 청하냔 말이야. 아무리 꿈이라 하더라도. 나보고 대관령 성황사에서 성황이랑 신혼살림을 차리자는 얘기잖아. 내가 아버님께 얘길 했지. 꿈은 꿈일 뿐이라고. 아버님은 꿈이 심상찮다며 당분간 문 걸고 방에서만 지내라고 엄명을 내렸어. 그러니 대문 밖 출입은 아예 꿈도 못 꾸고 있던 참이었어. 들어가야지, 들어가야지, 생각을 계속 하는데도 이상하게 그날 밤 따라 엉덩이가 떨어지지 않는 거야. 뒷마당 장독대 너머 대나무 숲에서 무슨 소리가 들리는 것도 같고 대관령으로 흘러가는 보름달도 계속 손짓을 하는 것 같았다니까. 그때였어! 대나무 숲에서 황소만 한 호랑이가 눈에 불을 켠 채 훌쩍 담을 넘어온 거야. 얼마나 놀랐는지 비명도 지르지 못했다니까.

— 성황님이 보낸 호랑이군요?

— 그렇게 호랑이 입에 물려 대관령까지 끌려간 거야.

— 그럼 그날 밤 혼인식을 올린 건가요?

— 보름달 아래서 혼인식을 올렸지. 내가 죽은 줄도 모르고.

— 죽은 줄 몰랐어요?

— 아, 시답잖은 얘기 그만하고 자빠져 자! 밤새 떠들 거야!

성황의 화난 목소리에 보꾹의 대들보가 드르르 흔들렸다. 풍이 빠져나갈 쥐구멍은 어디에도 없었다. 믿을 이는 여성황 밖에 없었다.

— 이게 어떻게 시답잖은 얘깁니까! 호랑이에게 물려가 죽은 날이 혼인식 날이었다는 얘긴데!

국사여성황사에서의 하루하루는 다소 지루했다. 떨어져 살던 성황 부부의 합방을 위한 강릉사람들의 배려였지만 풍이 보기엔 기간이 좀 길었다. 사소한 이유로 말다툼을 하느라 하루 중 대부분의 시간을 보냈다. 그동안 풍이 생각했던 신들의 세계와는 너무 달라서 당황스러울 정도였다. 풍이 보기에 성황 부부는 그냥 일반인들이나 다름없어 보였다. 성황은 여성황의 허락이 떨어지지 않으면 밖으로 나갈 수도 없었다. 그건 다리가 없는 풍도 마찬가지였다. 사실상 모두가 여성황사에 갇혀 있는 거나 마찬가지였다. 더군다나 풍은 말다툼하는 부부 사이에서 이도저도 못한 채 끼여 있으니 고역 중의 고역이었다. 어두침침한 성황사 안에서 머무르는 날들만이라도 차라리 아무 소리가 들리지 않았으면 싶었다. 그러나 소원은 그저 소원일 뿐이었다. 제단 위에 나란히 세워놓은 두 개의 위패는 풍이 보기엔 그저 사람들이 만든 오래된 허수아비처럼 느껴질 때도 있었다.

— 코로난지 뭔지 때문에 지난 삼 년 단오제는 너무 맥아리가 없었어.

— 대관령 길목을 지킨다는 양반이 코로나도 안 막고 뭐했어요? 힘이 달려요?

— 요즘은 옛날과 달라서 길이 너무 많아졌어. 대관령만 지

킨다고 될 일이 아냐. 비행기나 땅속을 달리는 기차를 타고

서도 들어온다니까.

— 국사성황이면 그것도 막아야지요.

— 지난 일 년 동안 내가 얼마나 고생했는지 알아! 그 덕분에

올해 단오제가 정상적으로 열리게 된 거라고.

— 그게 어디 당신 힘만 가지고 된 일이에요. 사람들이 다 합

심을 해서 일궈낸 결과지.

— 내가 든든하게 대관령을 지키고 있었기 때문에 가능했던 거야.

— 어이구, 허세하고는……

— 허세라니! 이 여편네가 뚫린 입이라고 말을 막 내뱉네.

— 아니, 내 입 가지고 말도 못해요. 풍아, 넌 어떻게 생각하

니? 이 양반 말이 허세니, 허세가 아닌 것 같니?

예상하지 못했던 코로나로 인해 비대면으로 진행된 지난 삼

년 동안의 단오제를 화제로 출발한 이야기는 다시 익숙하게

티격태격 옷을 바꿔 입고 있었다. 성황 부부의 말다툼은 낮

과 밤을 가리지 않았고 어느 지점에 다다라선 꼭 풍의 의견을 물었다.

— 신목이 된 지 얼마 되지도 않은 제가 어떻게 알겠어요.

— 저 녀석은 요리조리 빠져나가는 말재주가 있단 말이야. 그러다가 크게 당한다.

— 이런, 내가 미처 거기까지 생각 못했네. 풍아, 난처하게 만들어서 미안하다. 내가 하도 답답해서 그랬어.

— 아뇨. 제가 아직 많이 부족해요. 저기…… 좀 다른 얘긴데 두 분은 신이 되신 걸 만족하세요?

창호지를 통과한 햇빛이 은은하게 성황사의 마룻바닥을 물들이고 있었다. 아주 오랫동안 신으로 살아온 그들의 생각을 풍은 듣고 싶었다. 사람으로 살다가 죽어서 신이 된, 게다가 부부의 연까지 맺은, 그리 흔하지 않은 경우였다. 풍은 제단에 나란히 세워놓은 두 개의 위패와 그 뒤편 벽에 걸어놓은 화상 속 여성황의 표정을 살폈다. 길쭉한 얼굴에 눈과 입이 작으며 코가 가늘고 긴 여성황의 표정을 읽어내기란 쉽지 않았다. 반면 대관령을 떠나던 날 본 국사성황은 부리부리한 인상이었다. 큰 눈과 위로 치솟은 눈썹, 뭉툭한 주먹코, 덥수룩한 수염과 부처처럼 큰 귀를 지닌 붉은 얼굴은 누가 봐도 위압감을 느끼기에 충분했다.

— 처음엔 진짜 재미있었지.

남편 성황이 먼저 말문을 열었다.

— 대관령에 있을 땐 좀 심심했지만 단오제가 열리면 야단법석이었단 말이야. 영동지방의 아낙네들이란 아낙네들은 다 구경 왔거든. 야, 신 노릇 해볼만 하구나! 중노릇 할 적엔 좀 심심했거든. 하지만 대관령 성황은 달라. 요즘 세태와 비교하자면 거의 유명 연예인이나 다름없었어. 이제야 하는 말이지만 사실 우리 마누라도 단오제 남대천 굿마당에서 처음 봤거든. 거기 구경 왔더라고. 내가 한눈에 반해버렸지.

— 아이고, 내 팔자야! 그때 거길 왜 가가지고……

— 중들의 세계에선 용납 안 되는 일들이 성황의 세계에선 다 가능한 거야. 인간들의 희로애락을 훨씬 가까이에서 접하고 관여할 수 있었거든. 한마디로 생기가 넘쳐난다니까. 찾아가는 서비스라고 할까. 굿마당에 앉아 온갖 사연을 듣다 보면 성황신이 된 보람을 느낄 수 있었지.

— 청산유수구려. 신이 안 됐음 어쩔 뻔했어요?

— 당신은 어때? 내 덕분에 국사여성황이 된 거잖아.

— 난 억지로 신이 된 게 싫어요. 너무 심심해. 일 년에 한 번 단오제만 반짝하지 나머지 날들은 이 컴컴한 성황당에서 지내야 하잖아. 이게 다 당신 덕분이 아니라 당신 때문이야! 아니, 신이라는 작자가 어떻게 멀쩡하게 살아 있는 인간을 배필로 맞을 생각을 해. 더군다나 아직 시집도 안 간 처녀를.

뭔가를 생각하는 듯 잠시 침묵을 지키던 성황이 입을 열었다.

— 이제야 하는 말이지만…… 당신은 계속 인간으로 살았으면 역병에 걸려 서른도 못 살 운명이었어. 그해 단오제

때 내가 그걸 보고 당신을 아내로 맞아들인 거야.

— 단명을 하더라도 인간이 좋아요. 신의 세계는 너무 고루하고 지루해. 풍아, 너는 결코 신이 되지 마라.

— 신은 원래 지루해!

— 내 말이! 혼자만 지루하면 됐지 왜 나까지 끌어들인 거냐고요?

— 여보…… 사실 신은 인간이 만들었어. 나는 그냥 당신을 좋아한 것밖에 없어.

— 아이고, 이젠 지겨워요!

성황의 말에 풍은 깜짝 놀랐다.

— 인간이 신을 만들었다고요?

— 그럼 누가 만들었겠냐. 날아가는 새가? 밤새 땅속을 후비고 다니는 멧돼지가? 비가 오면 기어 나오는 지렁이가?

— 그럴 능력이 인간에게 있나요?

성황의 숨소리만 나직하게 새어나왔다. 풍은 그 기다림이 좋아 침을 삼켰다.

— 인간에겐 영원히 해결되지 않는 불안한 마음이란 게 있거든. 감옥에 갇힌 것 같은 그 마음이 위안을 얻으려고 오래 고심한 끝에 신을 만들었지. 엄밀히 말해서 우리 신들은 인간의 꼭두각시일 뿐이야.

— 무슨 얘긴지 잘 이해가 되지 않아요.

— 이해를 하려 말고 그냥 그렇다고 여기면 돼. 인간은 자신들이 만든 신에게 위안을 받고 싶은 거야. 물론 아무나 신이 되는 건 아냐. 그게 무엇이든 좀 특별해야만 신이 될 자격이 있는 거지.

풍은 낮에 성황이 들려준 말을 곰곰이 되새겼다. 인간의 필요에 의해 신이 만들어졌다는 성황의 이야기는 묘한 파장을 가져왔다. 지금까지 풍이 들었던 신과 인간의 관계에 대한 이야기와는 정반대의 얘기였다. 스스로 신을 만들고 신을 섬기는 게 가능한 일일까. 풀리지 않는 묘한 갈증을 느낀 풍은 물통 속의 물을 힘겹게 빨아들였다. 하지만 원래의 뿌리가 없어서 물을 빨아들이는 일은 갈수록 쉽지 않았다. 풍은 알 수 있었다. 가지의 잎들이 조금씩 말라가고 있다는 것을. 가만…… 단오제가 끝나기도 전에 신목의 잎이 다 말라 떨어지고 앙상한 가지만 남으면 어떻게 되는 거지? 두근거리는 마음을 진정시키려 애를 쓰며 풍은 보이지 않는 신과 인간을 찾아 침침한 성황당 안을 두리번거렸다.

— 단오 끝나면 이 호랑이도 데려가요.

— 호랑이가 있어야 위엄이 서지.

여성황당 화상 속의 호랑이를 말하는 모양이었다. 눈이 시퍼렇고 입을 벌린 호랑이는 대나무 아래에서 기지개를 켜는 자세를 취하고 있었다. 풍이 보기엔 그다지 무서운 얼굴은 아니었다. 검은 줄무늬와 긴 꼬리만 없다면 덩치 큰 개를 닮은 귀여워 보이는 호랑이였다. 아마 여성황당이어서 사납지 않게 그린 듯했다.

— 난 얘만 보면 물려갔던 그날이 떠올라요.

— 그게 언제 적 일인데 아직도 그 얘기야.

— 당신은 호환을 당해본 적이 없어서 내가 백날을 얘기해도 몰라요.

— 그래서 사죄하는 의미로 당신에게 붙여준 호랑이잖아. 옆에서 잘 보필하라고.

— 보필은 무슨 보필. 꿈자리만 사납다니까요!

호랑이와 여성황 사이에는 이상한 머리 모양을 한, 하인인 듯한 소년도 한 명 부채를 든 채 서 있었다. 풍이 보기에도 아무리 순해 보인다 해도 호랑이는 여성황과 그다지 어울리지 않았다. 풍은 점점 더 말라가는 잎들을 살피며 밑동에 담긴 물통의 물을 빨아들이려 했지만 노력만큼 결과는 신통치 않았다. 호랑이를 놓고 말다툼을 하는 성황 부부에게 지금 상황을 알려야 하는지도 판단하기 애매했다. 물을 삼키지 못한 잎들은 푸르던 녹음을 잃어버리고 돌돌 말린 채 말라 가고 있었다. 풍의 기운도 덩달아 낙숫물처럼 뚝뚝 떨어졌다. 이러다간 단오제 굿마당에 나가지도 못하고 정신 줄을 놓아 버릴 것만 같아 불안했다.

— 오늘이 며칠이더라……

— 날짜도 모르는 성황이 다 있소?

— 단오제가 열리려면 얼마나 남았지? 이틀 남았나, 사흘 남 았나? 여기 있으니 시간 가는 줄 모르겠단 말이야.

— 아직 이틀이나 남았어요. 풍아, 넌 오늘 왜 종일 말이 없 는 게냐?

여성황이 비로소 풍의 침묵을 눈치 채고 말을 걸어온 것은 저녁 무렵이었다. 풍은 망설였다. 아니, 온몸이 타들어가는 것 같아 말하는 것조차 버거워졌다.

— 어디 아픈 거니?

— 이제 슬슬 신목을 교체해야 될 때가 온 거야.

— 어마마! 내가 그걸 깜박 잊고 있었네.

성황이 아무렇지 않게 툭 내뱉은 말에 풍은 가슴이 덜컥 내려앉았다. 신목을 교체한다고…… 캄캄했던 사위가 하얗게 변해가는 걸 보며 풍은 겨우 입을 열었다.

— 그게…… 무슨 말이죠?

— 풍이한테 얘기 안 했어요?

— 내가 얘길 안 했나……

— 이 양반이 그런 중요한 얘길 빠트렸단 말이에요?

— 알고 있는 줄 알았지. 너…… 진짜 몰랐냐?

— ……예.

— 그 누구냐, 애기무녀, 그래, 단이란 애가 말 안 해줬어?

성황당엔 한동안 어둠보다 짙은 침묵만 빽빽하게 들어찬 채 빠져나갈 기미를 보이지 않았다. 풍의 머릿속엔 시작과 끝을 알 수 없는 철조망 다발이 가득 들어차 있는 것 같았다. 어디서 실마리를 찾아야 할지 풍으로선 감조차 잡히지 않았다. 게다가 기운이 계속 빠져나가고 있어 한 생각을 오래 궁리하기조차 힘들었다.

신목으로 선정이 되었지만 밑동이 잘린 이상 단오제가 끝나는 날까지 잎이 싱싱한 모습으로 버틸 수는 없다. 명색이 신목이지만 그래도 잎이 시든 모습을 단오제를 찾아온 손님들에게 보여 줄 수 없다는 게 제관들의 고민이었다. 물통은 임시방편일 뿐이었다. 그래서 내린 결론이 신목의 교체였다. 영신행차를 위해 여성황당에서 나가는 날이 새 신목으로의 교체 일로 정해졌다. 풍의 입장에선 억울하기 이를 데 없는 결정이었지만 무엇을 어찌해볼 도리가 없었다. 속만 부글부글 끓어올랐다. 이럴 줄 알았다면 결코 신목이 되겠다고 자원하지 않았을 것이었다.

— 무슨 방법이 없을까요?

— 내가 아무리 성황신이라 해도 죽어가는 나무를 살리진 못해.

— 미처 생각하지 못한 점인데, 지금까지는 신목 교체를 시

민들에게 알리지 않았으니 속인 거나 마찬가진데……

두 분은 허우대만 신인 것 같아요. 풍은 이 말을 간신히 삼켰다. 그래도 신은 신이라는 자그마한 믿음에 기대어.

— 새 신목도 대관령에서 데려오나요?

— 아냐…… 여기 인근에서 베어온다고 하던 것 같던데. 풍아, 단풍나무는 생김새가 비슷해서 교체를 해도 사람들이 잘 모른다고 제관들이 말하는 걸 들었어.

— 교체가 되면 저는 어떻게 되죠?

— 글쎄……

여성황은 더 이상 답변을 하지 않았다. 풍도 질문을 멈췄다. 성황당 안으로 다시 답답한 침묵이 고이기 시작했다. 그동안의 상황을 정리해보면 단오제의 제관들에겐 신목의 교체가 그다지 중요한 게 아니었다. 신목은 단지 보이지 않는 신을 대신하는 마네킹 비슷한 것으로밖에 생각하지 않았다. 그러니 신목의 상태가 변변찮을 땐 바꾸면 그만이었다. 아무리 신목이라 하더라도 단오제 동안 잎이 말라가는 신목을 사람들에게 보여줄 수는 없다는 게 제관들의 입장이었다.

풍은 가지에 달려 있는 잎들을 하나하나 살폈다. 시들어가는 잎들은 풍이 보기에도 볼품이 없었다. 마치 냉해를 입은 것처럼 쪼그라든 상태였다. 낙엽이 되어 우수수 떨어지지 않은 것만 해도 다행이라면 다행이었다. 가지에 걸어놓은 오색 예단이 있어 그나마 신목의 품위를 어느 정도나마 유지하고 있는 중이었다.

— 제관들과 무녀들이 오고 있어.

— 당신이 묘안을 좀 찾아봐요. 당신을 위해 풍이가 대관령에서 여기까지 내려왔는데 단오구경은 시켜줘야 할 거 아녜요.

— 거 참…… 난감하군.

여성황사의 문이 소리를 내며 열렸다. 제관들이 하나둘 들어왔고 대장무녀와 단이도 얼굴을 드러냈다. 그들은 신목의 상태를 점검하러 온 게 맞았다. 단은 아무 말 없이 풍의 가지에 매달린 시든 잎들만 안타까운 눈으로 바라보았다.

"내일 저녁이 영신제니 교체해야겠네요."

대장무녀의 목소리는 가라앉아 있었다.

"물통에 담가놔도 크게 다르지 않네요."

쪼그려 앉은 제관이 물통을 흔들었다. 풍의 말라가는 몸도 덩달아 흔들렸다.

"제관님, 그래도 명색이 신목인데 올해부턴 조금 고생스럽더라도 대관령 국사성황사에 가서 베어오는 게 어때요?"

대장무녀의 말에 힘이 들어가 있었다.

"대관령까지 가자고요? 가까운 데에도 단풍나무가 많은데 그럴 필요가 있을까요?"

"일 년에 한 번 열리는 단오제인데 부정 타는 일은 막아야지요. 더군다나 올해는 코로나 이후 제단에 다시 관객을 맞아들이잖아요. 대관령엔 저도 같이 갈게요."

"단오제 끝나는 날까지 함께 가면 좋은데 잎이 먼저 시들어버리니……"

"그래서 드리는 부탁인데 앞으로는 같은 나무로 교체했으면 싶어요. 지난번 사월 보름날 성황제 지내고 신목 정할 때 보니 나머지 가지가 하나 더 있더라고요. 모양새도 괜찮고."

"같은 나무로 신목을 정하자는 얘긴가요?"

"예. 그게 순리인 듯싶어서요."

십여 분 정도 의견을 교환한 제관과 대장무녀는 성황사를 빠져나갔다. 마지막으로 나가던 단이 풍에게 자그마한 목소리로 속삭였다.

"풍아, 내일 봐. 다 잘 될 거야."

문이 닫히고 성황당은 다시 어둠에 잠겼다.

— 어떻게 그런 묘안을 다 생각했어요?

— 뭔 소릴 하는 거야?

— 같은 나무로 신목을 정하기로 한 거 말이에요.

— 그건 무녀들이 짜낸 묘안이잖아. 함께 온 단이라는 무녀 생각이야. 이 녀석이 그 애에게 단단히 잘 보인 모양이야.

— 당신 생각이 아니라고요?

— 나는 그럴 능력도 없고 또 이 녀석이 뭐가 이쁘다고 그런 생각을 짜내겠어.

— 그럴 능력이 없으면 말이라도 좀 예쁘게 해요!

풍은 성황 부부의 이야기를 듣기만 했다. 기운이 급격히 떨어지고 있어 더 이상 대화에 끼어들 여력도 없었다. 성황당에서 지내는 마지막 밤이었다. 보름 넘게 성황당에서 지내면서 미처 예상하지 못했던 성황 부부의 소소한 면들을 접할 수 있었던 건 풍만이 누릴 수 있었던 행운이었다. 모습을 볼 수 없을 뿐이지 사람들이 살아가는 거나 거의 다르지 않다는 게 신기하고 또 반가웠다. 그동안 풍이 생각한 신은 너무 높은 곳에서 머무는 신들이었다. 그런데 성황 부부는 왠지 이웃에 살고 있는 사람들처럼 친근하게 여겨졌다. 시간이 흐를

수록 풍은 그게 고마웠다.

— 모든 게…… 국사성황님 덕분이란 거 잘 알고 있습니다.

— 이 녀석아, 내가 운전기사까지 챙길 정도로 한가한 신이
아니다. 니 생각엔 내가 여기 내려와서 매일 노는 것처럼 보
였지? 사실은 지난 보름여 동안 내가 단오제 기도 민원 처리
하느라 한숨도 못 잤다.

— 내가 볼 땐 잠만 잘 잡다. 드렁드렁 코까지 골며.

— 자면서도 일을 한 거야. 일이 너무 많으니 피곤해서 코를
곤 거고.

— 말 하나는 청산유수네요. 하여튼 풍아, 너도 그동안 애썼
다. 내일부턴 단오제가 본격적으로 시작되니 오늘은 푹 자거
라. 내일 대관령에서 가져온 새 옷으로 갈아입고 무녀의 축
원굿을 받으면 다시 기운이 펄펄 날 거야.

— 제게…… 새로운 세상을…… 더 볼 수 있게 해주셔
서…… 감사합니다.

풍의 가느다란 목소리가 성황사의 깊고 깊은 어둠 속으로 천천히 가라앉았다. 그새 잠이 들었는지 성황은 가볍게 코를 골았다.

— 풍아, 신목이 되어 살아보니 어떠니?

— ……아직도 정신이 없어요.

— 그냥 나무였을 때가 좋아, 지금이 좋아?

— ……다 좋아요.

— 나무는 오래 살고 신목은 한 달을 채 못 살잖니.

— 나무는 평생…… 한 자리에서 살아야 하잖아요.

— 그렇지. 남은 기간 동안 세상 구경 많이 하렴.

잠든 성황은 다시 본격적으로 코를 골기 시작했다. 여성황사는 마치 한 척의 용선(龍船)처럼 코 고는 소리에 맞춰 본격적인 항해를 시작했다. 아니나 다를까. 선장의 호령도 곧바로 뒤따랐다.

— 이 코!

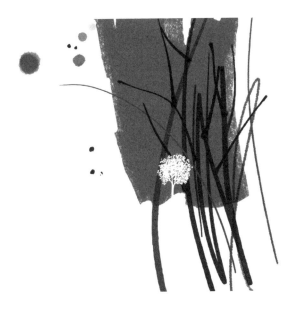

3. 입장

풍은 여성황의 표현대로 새 옷으로 갈아입었다.

대장무녀와 단은 풍의 영혼이 새 신목으로 탈 없이 옮겨갈 수 있도록 축원굿을 올려주었다. 풍은 흔들거리는 징검돌을 건너듯 조심스럽게 신목을 갈아탔다.

새 옷으로 갈아입은 풍의 가지에 오색 예단이 주렁주렁 걸리자 이윽고 성황 부부의 목소리가 들렸다.

— 풍아, 이제 단오 구경 가자!

— 너, 영신행차 때 운전만 잘못해 봐라. 바로 교체해버릴 거야!

— 아니, 떠나기도 전에 겁을 주면 어떡해요!

— 대관령 내려올 땐 나 혼자 탔지만 이번엔 둘이나 탔으니 조심하란 얘기지. 다 당신 생각해서 하는 얘기야.

— 목적지까지 잘 모시겠습니다.

여성황당의 모든 문은 열려 있었고 대장무녀의 부정굿, 여서낭굿, 그리고 축원이 마지막으로 이어졌다.

"국사성황님, 국사여성황님, 이제 신목을 타고 강릉 시내 한 바퀴 돌아서 단오제가 열리는 남대천으로 나갈 시간입니다. 올해는 성황님 내외분의 도움으로 코로나도 잠잠해져서 예전처럼 다시 관객들이 팔도에서 찾아온다고 합니다. 아무쪼록 저희가 잘 준비해놓았으니 신목으로 내려오십시오. 강릉 시민들이 지금 시내에서 단오등을 밝혀들고 성황님 내외분이 오시길 간절히 기다리고 있습니다. 자, 가실 준비 다 되셨지요?"

"풍아, 몸은 어때?"

— 대관령에서 내려올 때보다 좋은 것 같아.

"다행이다. 혹시라도 잘못 되면 어쩌나 걱정했는데."

— 다 네 덕분이야.

여성황의 친정집인 남문동 경방댁에서 짧은 굿이 치러지는 동안 단은 시간이 날 때마다 다가와 풍의 상태를 확인했다. 풍은 반갑기도 했지만 한편으론 조마조마했다. 집을 둘러보러 간, 눈에 보이지 않는 성황 부부가 언제 나타날지 알 수 없기 때문이었다. 단과 이야기를 나누는 게 좋긴 했지만 왠지 신목의 역할을 소홀히 한다는 소리를 들을 수도 있기 때문이었다. 다행인 것은 굿에 참여하는 단이 신과 인간의 세계를 연결하는 무녀인지라 성황신의 동선을 파악하고 있다는 점이었다. 흰 치마저고리에 푸른색 쾌자를 입은 단은 대관령에서 보았을 때보다 조금 어른스러워 보였다.

"조금 있다가 시내로 들어가면 굉장할 거야!"

— 뭐가?

"아마 강릉 사람들이 다 나와서 반겨줄 거야. 지난 삼 년 동안 영신행차를 못 했거든. 우린 그 사이를 지나가는 거야. 네 자리는 맨 앞에 있는 두 성황님의 신위 다음이야. 영신행차에선 멋진 예단을 두른 풍이 네가 주인공이나 만찬가지야."

— 단이 네 자리는?

"무녀들은 신목 바로 뒤에서 따라가."

— 그냥 걷기만 하는 거야?

"무녀들은 춤을 춰. 춤을 추며 걷는 거야. 웃으면서. 사람들은 풍이 너 다음으로 춤을 추는 우리들을 카메라에 가장 많이 담아. 어떤 무녀는 한 손에 부채를 들고 다른 손엔 하얀 술이 달린 신칼을 들고 춤을 춰. 다른 무녀는 양손에 초롱등을 들고 춤을 추고. 또 다른 무녀는 종이꽃을 들고 춤을 춰. 나는 부채와 수건을 들고 추는 춤을 좋아해. 신칼은 조금 무섭고 초롱등은 떨어뜨릴까봐 겁이 나. 무녀들은 그렇게 춤을 추면서 거리를 지나고 다리를 건너서 단오제단이 있는 남대천으로 가는 거야. 그런데…… 오늘 나는 모란이 그려진 부채와 종이로 만든 빨간 사계화를 양 손에 들고 춤을 춰야 돼. 나는 아직 애기무녀거든."

— 단이 너는 춤을 추는 게 좋아?

"음…… 성황님 부부가 오시는 것 같다. 이제 우린 내일부터 단오제단에서 매일 만나게 될 거야."

풍은 붉은 갓을 쓴 채 돌아가는 단의 뒷모습에 서려 있는 묘한 그늘이 무엇을 의미하는지 알 수 없었다. 화려한 옷 속에 숨어 있는 어떤 그림자를 엿본 것만 같아 안타까웠다.

제관들과 무격(巫覡)들이 신목을 앞세운 채 칠사당을 지나 강릉대호부 앞 객사문사거리에 다가가자 인도와 도로 곳곳에 모여 기다리고 있던 사람들이 환호했다. 차량을 통제한 터라 사거리에는 신호등만 점멸하고 있었다.

— 이야, 엄청 많네! 강릉사람들 다 모인 것 같아.

— 촌에서 온 티 좀 내지 말아요.

— 뭐 어때. 내가 보이는 것도 아니잖아. 야, 저기 저 처자들은 배꼽이 다 보이는 옷을 입었네! 여기가 한여름 경포해수욕장도 아닌데 말이야.

— 요즘 옷은 옛날과 달라도 한참 달라요. 그리고 아무리 안 보인다고 해도 당신은 신이니까 정신 차리고 좀 품위를 지켜요.

— 알았어요, 알았어! 풍아, 저기 은행 앞에서 괴상한 복장에

다 탈을 쓰고 있는 자들이 누군지 아냐?

사거리 왼편 한국은행 앞 도로에는 성황의 말대로 이상한 복장을 한 사람들이 모여 있었다. 검은 포대자루를 뒤집어쓴 곰 같은 형상의 사람들, 험상궂은 얼굴 형상의 탈을 쓴 채 손에 나무칼을 들고 있는 사람들, 치마저고리를 입고 여인의 얼굴을 한 탈을 쓴 사람들, 부채를 들고 허리까지 내려온 긴 수염과 고깔모자 비슷한 것을 쓴 남자 얼굴의 탈을 쓴 사람들이 바로 그들이었다. 그들이 쓴 탈은 오직 한 가지 표정만 드러내고 있을 뿐인데도 묘한 분위기를 풍기고 있었다. 풍은 그들이 탈을 쓴 채 무슨 이야기를 나누고 있는지 궁금했지만 가까이 다가갈 수는 없었다.

— 무얼 하는 사람들이죠?

— 풍아, 저이들은 단오제 때 관노가면극을 하는 배우들이야.

여성황이 대신 알려주었다. 성황은 이미 다른 곳으로 눈을 돌려버린 모양이었다.

— 어떤 내용인데요?

— 그야 당연히 사람들이 좋아하는 남녀의 사랑을 풍자한 얘기지. 사랑과 훼방, 배신, 절망, 화해가 차례로 이어지는 가면극이야. 저기 수염이 긴 탈을 쓴 배우는 양반광대, 그 옆 치마저고리 입은 배우는 소매각시, 둘이 주인공이야. 깡패 같은 탈을 쓴 배우는 시시딱딱이, 허리가 장딴지만 한 배우는 장자마리라 부르고. 근데 특이한 건 무언극이야.

— ……말을 안 한다고요? 말을 안 하면 어떻게 내용을 전달해요?

— 말 대신 몸으로 하는 거지. 나머지 부분은 악사들이 북과 장구, 징으로 대신 말해주는 거야. 옛날에는 관청의 노비들에게 그동안 고생했으니 단옷날에 한번 신나게 놀아보라 해서 생긴 가면극인데 지금은 노비들이 아니라 전문배우들이 그걸 이어받아 연기하는 거고. 매년 보는데도 매년 감동이 남달라.

풍은 문득 떠오른 생각을 그대로 물었다.

— 지금까지 대략 몇 번을 보셨어요?

— 몇 번? 글쎄다…… 조선시대부터 봤으니 몇 번이나 될까…… 중간에 중단되기도 했고.

— 그렇게 오래 봤는데도 여전히 재미가 있어요?

— 여자들에겐 인생극이나 마찬가지야.

— 저도 꼭 보고 싶어요.

— 풍아…… 안타깝게도 너는 다리가 없고 게다가 줄곧 단오제단을 지켜야 하기 때문에 볼 수가 없어. 아마 너랑 친한 애기무녀 단이가 보고 와서 잘 말해줄 거야.

— ……단이를 아세요?

— 내가 그래도 명색이 신이잖니.

이윽고 제관들은 영신행차를 할 모든 준비를 끝마쳤다. 신목의 윗부분에다 길고 하얀 천을 걸어 네 방향으로 미끄럼틀처럼 늘어뜨려 제관들이 사방에서 호위하듯 그걸 잡았다.

제관이 신목을 품에 안고 들어 올리자 사거리 일대가 한눈에 다 보였다. 각기 다른 간판을 내걸고 불을 밝힌 상점들이 광장 같은 거리를 둘러싸고 있었고 그 안에는 독특한 복장을 착용한 사람들이 여기저기 모여 떠날 채비를 하느라 바빴다. 그중에서도 외국인들의 전통의상은 단연 눈에 띄었다. 대관령 성황당 숲에서 살 때 간혹 외국인들을 본 적이 있었지만 이렇게 많은 외국인들을 한꺼번에 보는 것은 풍으로선 처음이었다. 그 모든 것들의 한가운데에 서 있다는 사실이 풍은 믿기지 않았다. 그러니까 사거리에 모여 있는 사람들은 모두 단오제 시작을 알리는 영신행차의 가장행렬에 참석하기 위해서였다.

징과 꽹가리, 장구와 북, 그리고 제금과 태평소가 한데 어우러지는 음악에 맞춰 무녀들이 춤을 추었다. 부채와 사계화를 들고 춤을 추는 단의 모습은 아름다웠다. 꽁지머리 사진가는 아예 처음부터 단이만 졸졸 따라다니며 카메라를 들이

댔다. 뒷걸음질을 치다 넘어지길 바랐지만 풍의 기대대로 되지는 않았다. 단은 그런 일들이 익숙한지 별다른 표정을 내비치지 않고 바람에 흔들리는 도라지꽃처럼 너울너울 춤을 췄다. 사거리에서 보았던 관노가면극 배우들도 악사들과 함께 춤을 추며 따라왔다. 소매각시와 양반광대는 상대방에게 다가갈 듯하다가 다가가지 않고 멀어질 듯하다가 멀어지지 않는 춤을 추는데, 한 가지 표정밖에 없는 탈이 그들의 춤사위에 따라 갖가지 표정으로 변한다는 게 풍은 신기했다. 두 배우 뒤에선 시시딱딱이와 장자마리가 인도의 구경꾼들에게 다가가 갑자기 이상한 행동을 취하며 놀람과 웃음을 불러일으켰다. 거리는 조금씩 어두워지고 상가의 간판들에 불이 들어오자 영신행차는 또 새로운 풍경을 보여주기 시작했다. 사람들이 하나씩 들고 있는 단오등의 불빛이 꽃을 피우는 듯했고 횃불은 더 거세게 일렁거렸다. 옷가게, 신발가게, 화장품가게, 음식점과 술집, 건어물가게, 포목점, 병원과 은행을 지나는 불꽃들의 행렬은 끝이 보이지 않았다. 시내를 한 바퀴 돌아 택시 정류장 앞 광장에 이르러서야 행차의 선두에 있던 풍은 잠시 휴식을 취할 수가 있었다. 풍을 안고 걸었던 제관도 플라스틱 의자에 앉아 이마와 목에서 흘러내리는 땀을 닦았다. 무녀와 악사들, 관노가면극의 배우들이 휴식을 취하자 이번엔 저 뒤편에서 농악대들의 무대가 펼쳐졌다. 온 거리에서 징과 꽹가리, 장구와 북, 그리고 제금과 태평소가 한데 어우러졌다. 풍은 붉은 갓을 벗고 수국 같은 머리띠를 한 채 의자에 앉아 있는 단에게 다가가 수고했다는 위로의 말이라도 해주고 싶었지만 그저 마음만 보낼 수밖에 없었다. 꽁지머리 사진사는 여전히 자리를 옮겨가며 단의 모습을 찍고 있었다. 마치 전속 사진사이라도 한 것처럼. 풍은 몰래 한숨을 토했다.

— 이 좋은 날 부정 타게 신목이 웬 한숨이냐?

성황의 말에 풍은 뜨끔했다. 풍에게는 신의 모습이 보이지 않고 신은 풍을 볼 수 있는 상황이니 무어라 답하기가 늘 애매했다. 혹시 마음까지도 볼 수 있는 걸까? 묻고 싶었지만 풍은 참았다.

— 왜 다리가 없는 것일까 생각하다가 그만…… 저를 안고 걷는 나이 드신 제관님께 죄송스러워서요.

— 싱거운 녀석. 만약 나무들한테 뿌리가 없고 다리가 있다면 세상이 어떻게 되겠냐?

풍은 깜짝 놀랐다. 그동안 단 한 번도 생각해보지 않은 것이었다.

— ……몹시 혼란스러워지겠네요.

— 풍아, 네가 스스로 결정한 여행이니만큼 딴 생각하지 말고 그냥 이번 여행에만 충실하면 돼.

여성황의 말에 풍은 부끄러워 고개를 끄덕였다. 생각해보니 보이지 않을 뿐 풍은 다리를 가진 거나 마찬가지였다. 뿌리와 바꾼 다리가 있었기에 여기까지 온 것이었다. 그걸 알지 못하고 눈에 보이는 사람들의 다리에만 몰두하다보니 바보 같은 생각에까지 다다른 거나 마찬가지였다. 풍은 저편에서 쉬고 있는 단의 모습을 훔쳐보았다. 신목이라는 다리가 없었으면 감히 꿈꿀 수조차 없는 일이었다.

날은 더 어두워졌고 이제 영신행차의 피날레만 남아 있었다. 아니, 끝이 아니라 진정한 시작이 남아 있었다. 마치 영화제처럼 일 년에 한 번 열리는 단오축제장으로 입장하기 위해 남대천을 건너가는 남산교 위에 깔아놓은 레드카펫을 밟는 행사였다. 풍은 밤의 도시를 밝히는 휘황찬란한 빛의 잔치를 바라보았다. 대관령 산속에서는 상상조차 할 수 없는 풍경이었다. 고층건물들은 산처럼 보였고 일직선으로 뻗은 도로는 등불이 떠다니는 강물처럼 여겨졌다. 인간들이 만들고 사는 도시는 온갖 불빛들의 향연장 같았다. 어둠은 감히 스며들 엄두조차 못 낼 것이며 겨울의 동장군도 마찬가지일 듯싶었다. 그 불빛들 위로 사람들이 쏟아내는 말들이 바람에

날리는 무수한 낙엽처럼 떠다니고 있었다. 삼 년 만에 장관
이 펼쳐졌다는 말이 풍의 곁을 스쳐 흘러갔다. 이제야 사람
사는 세상 같다는 말도 따라 흘러갔다. 마스크를 쓰지 않아
도 되니 만고에 편하다는 말도 함께 섞여서 흘러갔다. 사람
들과 말들, 빛이 어우러진 축제 전야의 광장 풍경에 풍은 넋
을 놓을 정도였다. 무시무시한 호랑이가 지나간다한들 이 정
도는 결코 아닐 듯했다.

— 기분이 어떠냐?

— 성황님 내외분을 모시는 축제가 이렇게 인기 있는 줄은
미처 몰랐어요.

— 우리야 뭐 들러리지.

— 들러리라뇨! 엄연히 단오제의 주신이신데.

— 들러리면 어때요. 한동안 심심했는데 우리도 구경 한번
잘하는 거지. 풍아, 너도 장차 신이 되어보면 안다. 사실 신은
좀 심심할 때가 많단다.

— 보통 심심한 게 아니지! 갑갑할 정도라고.

— 전 무슨 말씀을 하시는지 이해가 잘 안 돼요. 왜 심심하죠?

— 아무리 얘길 해도 아직 넌 이해 못한다. 새로 목숨을 얻었으니 만큼 단오제 동안 연애할 생각만 하지 말고 신과 인간의 세상이 어떻게 돌아가나 잘 공부해 봐라. 넌 그걸 깨달아야 신목이라는 울타리에서 비로소 벗어날 수 있어. 그렇지 않으면 마지막 날 남대천 둔치에서 그냥 한 줌 재로 변해 사라질 거야.

연애란 말에 풍은 다시 속이 뜨끔했다.

— 자, 이제 슬슬 입장을 하려는 모양이다. 어떨 땐 다리 하나 건너는 것도 쉽지가 않아……

풍도 제관의 품에 안겨 허공으로 둥실 떠올랐다. 다리 위에는 붉은 카펫이 깔려 있고 관객들이 빽빽하게 자리를 잡은 채 다리 너머 단오장으로 입성할 손님들을 기다리는 중이었다. 조명은 대낮처럼 환하게 붉은 카펫을 밝혔다. 단풍보다 붉은 그 카펫 위로 풍이 천천히 들어가자 관객들의 함성이 밤하늘의 폭죽처럼 번져나갔다. 다리 아래론 남대천이 흘러가고 양쪽 둔치에는 깜박거리는 오색 등을 밝힌 풍물시장의 천막들이 불야성을 이루고 있었다. 붉은 카펫 한가운데에 풍이 도착하자 대장무녀의 영산홍가와 함께 악사들의 연주가 시작됐다. 붉은 갓을 쓴 무녀들도 노래에 맞춰 춤을 추는데 단연 사계화를 들고 춤을 추는 단의 모습이 돋보였다. 다른 무녀들의 춤이 영산홍을 닮았다면 단은 마치 한 송이 물봉숭아가 강바람에 흔들리는 것처럼 처연하게 아름다워서 풍의 마음을 먹먹하게 만들었다.

— 다 왔다!

— 지화자자 영산홍!

— 다 왔어!

— 지화자자 영산홍!

성황 부부가 주고받는 합창이었다. 단오제단은 남산교 오른편에 있었다. 제단 위엔 종이로 만든 각종 색깔의 꽃들이, 천장엔 탑등과 용선, 초롱등, 수박등이, 그리고 굿당 밖에는 흑애등이 신목의 도착을 반겨주었다. 제관들은 신목을 제단 가운데에 쓰러지지 않도록 튼튼하게 모셨는데 거기에도 물통이 있어 풍은 시원한 물에 밑둥치를 담글 수 있었다. 아주 긴 여행을 마친 느낌이었다. 아래편 남산교 위에선 답교놀이를 하듯 아직도 영신행차의 레드카펫 행사가 계속되고 있었다.

— 우린 한 바퀴 돌아보고 올 테니 풍이 넌 여기 잘 지키고 있거라.

제단 위에선 자리를 깔아놓은 무대와 객석이 한 눈에 내려다보였다. 아직은 텅 빈 무대와 객석이었다. 계단식 객석 사이에는 방송장비들이 무슨 우주선의 조종실처럼 자리하고 있었다. 제단 뒤편의 벽에는 같은 규격의 종이들이 다닥다닥 붙어 있는데 거기에는 단오제 신주를 빚을 쌀을 기부한 사람들의 이름이 촘촘하게 적혀 있었다. 단오제 내내 여러 굿을 하는 곳이라 좀 무서울 것이라 예상했는데 의외로 아늑한 느낌이 들었다.

"풍아, 기분이 어때?"

제단 뒤편으로 통하는 문을 열고 나온 단이었다. 무릎 부분이 찢어진 청바지와 셔츠 차림의 단은 머리까지 풀어헤친 터라 전혀 다른 사람처럼 느껴졌다. 마치 대학에 갓 입학한 여대생 같았다. 뭐라 할 말을 잃은 풍은 그저 단의 모습을 바라보기만 했다.

"왜 아무 말도 안 해? 내 모습이 이상해?"

— 아냐…… 예뻐서.

"신목이 그런 말도 할 줄 알아? 고마워!"

— 어딜 가는 거야?

"월화 거리에 가서 친구들과 커피 한 잔 마시고 집에 가야지. 풍아, 네가 사람으로 변신할 수 있다면 같이 갈 수 있을 텐데……"

— 나는 괜찮아. 여기까지 온 것만 해도 단이 네게 고마워.

"아냐, 풍아. 나는 그냥 대장무녀님 말을 조금 거든 거밖에 없어. 그리고 앞으로는 단오제 기간 중 신목 교체에 대해선 이번처럼 해야 한다고 봐."

— 다음 신목들도 좋아할 거야. 피곤할 텐데 이제 그만 들어가.

"그래, 갈게. 내일부턴 매일 굿을 해야 되니 바빠질 거야."

— 너는 무슨 굿을 하는데?

"나는 애기무녀라 아직 큰 굿은 못해. 하지만 언젠가는 당금애기가 나오는 세존굿이나 마마나 홍역을 데리고 다니는 손님굿을 꼭 해보고 싶어. 그렇게 될지는 모르겠지만⋯⋯."

풍은 가방을 어깨에 걸은 채 단오제단을 빠져나가 행인들로 북적거리는 풍물시장으로 사라지는 단의 뒷모습을 끝까지 바라보았다. 왠지 짠한 기분이 드는 걸 막을 수 없었다. 단이 단오제의 무녀들 중 가장 막내라서 그런 생각이

드는 건 아니었다. 그러고 보니 무녀의 세계에 대해서 아는 게 별반 없다는 생각이 들었다. 사람들은 무당이라고 더 많이 부르는 것 같았는데 풍은 왠지 무당보다는 무녀가 더 마음에 들었다. 대관령 국사성황사 숲에서 살 때부터 느낀 건데 무당이라는 호칭은 왠지 상대를 얕잡아 보는 듯했다. 산신각이나 성황사에서 돼지머리를 상 위에 올려놓고 기도나 굿을 하면 산에 놀러왔던 사람들은 멀찌감치 떨어져 훔쳐보며 작은 목소리로 수군거리곤 했다. 무당들이…… 간혹 사진을 찍는다는 이유로 구경꾼들과 무속인들이 다투는 일도 벌어졌다. 무속인들, 그중 무녀들은 구경꾼들의 카메라에 굿과 기도를 하는 자신들의 얼굴이 들어가는 걸 싫어하는 것 같았다. 그러면 구경꾼들은 또 자기들끼리 속닥거렸다. 무당들이 말이야…… 사진 찍히는 게 싫으면 자기들 집에서 굿을 하면 되지 왜 여기 와서 해. 여기가 기가 센 곳이라서 신을 받은 무당들 세계에선 인기가 많은 곳이래. 풍은 그런 말이 들려올 때마다 나무들 사이로 오가는 무녀들의 조금 슬퍼 보이는 눈을 훔쳐보곤 했었다. 단은 어떻게 무녀가 됐을까. 나처럼 스스로 신목이 됐을까, 아니면 누군가가 지목해서…… 제단을 치장한 종이꽃들 사이에서 이 생각 저 생각에 잠겨 있을 때 갑자기 풍이 건너온 남산교 너머의 밤하늘이 무엇인가 펑펑 터지는 소리와 함께 일시에 환해졌다.

영신행차를 축하하기 위한 불꽃놀이가 시작된 것이었다.

불꽃은 말 그대로 온갖 꽃처럼 밤하늘에서 피어났다가 쏟아졌다. 노랗고 붉은 가시국화처럼, 가을하늘빛 박꽃처럼, 수면 위의 연꽃처럼 하늘을 장식했다가 사라지곤 했다. 그것뿐일까. 덤불국화, 제비화, 사계화, 산함박, 매화, 막출화, 광화를 닮은 불꽃들이 남대천의 하늘을 색색으로 물들였다. 사람들은 일 년 중 오직 이 날만을 기다렸다는 듯 풍물시장의 술집에서 나와 하늘을 바라보며 함성을 내질렀고 박수를 쳤다.

— 집 잘 지키고 있었냐?

성황 부부는 불꽃놀이가 모두 끝나자 풍물시장에서 돌아왔다. 성황의 목소리를 들어보니 술에 살짝 취한 듯싶었다. 여성황도 즐거웠는지 말하는 도중에 웃음이 자주 섞여들었다.

— 무엇이 가장 볼만했어요?

— 뭐니 뭐니 해도 단오제 풍물시장의 백미는 서커스야. 그네를 타던 곡예사가 그네를 떠나 허공에서 새처럼 나는 모습을 보면 탄성이 절로 나온단 말이야.

— 난 그냥 바닥으로 떨어질까 봐 마음이 조마조마했어요.

— 서커스에 가면 코끼리도 있다면서요? 보셨어요? 덩치가 장난이 아니라고 하던데.

— 풍아, 코끼리는 소보다 몇 배나 크긴 한데 나는 볼 때마다 그 쭈글쭈글한 주름이 좀 징그럽더라. 게다가 목욕도 안 시키는지 너무 더러워.

— 코끼리 목욕시키려면 남대천 물 다 가져와도 모자라, 이 사람아.

— 이 양반 술 취했네. 허풍이 슬슬 세지는 걸 보니.

— 술이야 역시 사람들이 붐비는 풍물시장에서 마셔야 제 맛이 나지. 사실 국사성황사나 여기 제단에서 마시는 신주는 여러모로 좀 밋밋해. 흥도 안 나고.

— 그거야 제삿술이니 저자거리에서 마시는 술과 비교할 수는 없지요.

밤이 깊어지고 풍물시장을 밝혔던 불이 하나둘 꺼지자 천막으로 삼 면을 가린 단오제단은 어둠에 잠겼다. 성황 부부의 대화를 듣던 풍은 문득 떠오른 궁금증을 참지 못하고 털어놓았다.

— 신들은 어떻게 술을 마시죠?

— 아니, 여태 그것도 몰랐단 말이냐? 이놈 이거 신목 자격이 없는 거 아냐.

― 여보, 우리가 풍이에게 보이지 않으니 모를 수도 있죠. 풍아, 쉽게 설명하자면 신들은 술의 향, 술의 정기를 마신다고 생각하면 돼. 그것만으로도 술에 취할 수 있단다. 다른 것들도 대부분 비슷해.

아, 그래서 제단 위 술잔에 따라놓은 술의 양이 사라지지 않는 거구나. 마시지 않은 게 아니라 향을 마신 거였구나. 그래서 제사에 참석했던 사람들이 신에게 제물로 준비한 술이나 음식을 나누어 먹는 거구나. 신들의 음식섭취 문제를 이해한 풍은 곧바로 다음 궁금증으로 생각을 옮겼다. 이번엔 보이는 것에 대한 문제였다.

― 저기…… 하나만 더 질문을 드려도 될까요?

― 하지 마라. 졸리다.

― 괜찮아. 물어봐.

― 피곤하실 텐데 다음에 물어볼게요.

― 빨리 물어봐! 니가 이미 궁금하게 만들어 잠을 깨웠잖아!

성황이 버럭 고함을 내지르자 풍의 가지에 매달려 있던 잎들이 파르르 떨렸다. 바깥에선 아직도 집으로 돌아가지 않은 취객들의 노래가 들려오고 있었다.

— 저나 무녀님들, 그리고 일반 사람들에겐 두 분의 모습이 보이지 않는데 신들은 서로를 볼 수 있나요? 볼 수 있다면 두 분은 어떤 모습입니까? 성황당에 걸어놓은 그림과 같나요? 그 그림은 신들이 그린 게 아니라 사람들이 그린 거잖아요.

— 야, 이 녀석, 간만에 똑똑한 질문을 하네.

— 풍아, 좀 복잡한 부분도 있지만 신들은 서로를 볼 수 있단다. 모습도 그림과 똑같아. 물론 어떤 신들은 모습을 계속 바꾸기도 해. 평범한 사람들은 우리를 볼 수 없지만 기도를 열심히 드린 무녀들은 우리 존재를 느낄 수 있어. 그렇기 때문에 신과 인간을 연결하는 일을 무녀들이 하고 있는 거야.

— 신들은 서로 만질 수도 있나요?

— 그렇기도 하고 아니기도 하단다.

— 풍아, 어차피 보이지 않는 신들의 세계를 네가 이해한다는 건 쉽지 않아. 그보다는 단오제 기간 동안 이곳을 찾아오는 사람들을 찬찬히 들여다보는 게 훨씬 더 중요한 일이야. 보이지 않는 것을 보려 애쓰지 말고 눈에 보이는 거라도 제대로 봐야만 너도 언젠가는 신이 될 수 있어. 신은 사람들이 어떻게 살아가는지 그 아픈 마음을 잘 살피라고 존재하는 거야. 아, 물론 나 같은 괴짜 신도 더러 있긴 하지만.

— 이 양반이 오늘밤은 제법 멋있게 말을 하네.

— 졸려! 내일부턴 바쁠 테니 이제 모두 취침!

— 제발 코나 골지 말아요!

남대천 단오제단에서 맞이하는 첫날의 아침이 밝았다. 유건(儒巾)을 쓴 제관들이 제사상을 차리느라 바삐 움직였다. 풍은 제단 위에 차려지는 음식들에 눈이 휘둥그레지지 않을 수 없었다. 남대천 단오제단에서 지내는 첫 조전제(朝奠祭)를 위한 제수용품들이었다. 대관령 국사성황사와 강릉 국사여성황사에서 보았던 음식들과는 차원이 달랐다. 한 마디로 진수성찬이었다. 어느 것부터 먼저 먹어야 할지 누구라도 심각한 고민에 빠질 것 같았다.

백설기 한 시루. 음력 사월 보름날에 빚은 신주. 쇠고기 생육과 육탕, 그리고 산적. 문어와 명태, 열갱이를 차례차례 올려놓은 어물. 상품 대구포 한 마리. 꼼꼼하게 쌓아올린 대추, 밤, 곶감. 조청을 바르고 쌀강정을 양쪽에 붙인 두툼한 한과. 그리고 가장 기본인 밥과 국수, 네 종류의 탕이 위패 바로 앞에 놓여 있었다.

— 보기만 해도 배가 부를 것 같아요!

풍은 밑둥치로 물통 속의 물을 힘껏 빨아들인 뒤 품평을 했다. 신이 아닌 풍은 흠향조차 할 수 없었다.

— 이 정도는 차려야 강릉단오제라고 할 수 있지. 구경 온 손님들에게 위신도 서고. 게다가 그동안 코로나로 시민들이 여

기 와서 제사음식도 못 먹었잖아.

— 사람이 많이 모이니 좋긴 좋네요. 마스크를 안 쓰니 다들 예쁘고.

— 이렇게 성대하게 치룰 줄은 몰랐어요.

풍은 관람석과 관람석 밖의 도로와 시멘트 둑의 계단까지 가득 들어찬 사람들을 둘러보았다. 관람객들 중 누구보다도 먼저 찾아와 무대와 가까운 평상에 자리를 잡은 이들은 이마에 주름이 가득한 할머니들이었다. 굿이 시작되려면 아직 한 시간도 더 남았는데 평상의 반은 이미 할머니들로 채워져 있었다. 풍은 그녀들이 아주 오래전부터 평상을 떠나지 않고 그곳에 앉아 단오굿을 보고 또 기다리고 있는 것 같다는 생각을 지워버릴 수 없었다. 그녀들의 주름 자글자글한 표정이 왠지 그렇다고 말해주는 듯했다.

제단에 상이 모두 차려지자 제례복을 입은 사람들이 줄을 지어 무대로 들어왔다. 시장과 국회의원을 비롯해 강릉에서 관직에 종사하는 이들이 바로 초헌관, 아헌관, 종헌관을 돌아가며 맡았고 제례를 돕는 이들은 집사였다. 그러니까 조전제는 신들에게 유교식으로 단오제 기간 동안 매일 오전에 올리는 제사였다. 헌관과 집사들이 자리를 잡자 무녀들이 그 뒤편에 도열했는데 풍은 한복을 곱게 차려 입은 단을 금방 찾아낼 수 있었다. 단은 무대 위에 올라가 있는 사람들 중 가장 어린 나이였다.

— 아무리 생각해도 이건 너무 지루한 제사야.

— 이 양반이 말조심 좀 해요. 누가 듣겠어요.

— 인간들이 어떻게 신의 말을 들어?

— 무녀들은 눈치를 챈다니까요.

— 무녀들과 신은 같은 편이잖아.

— 그래도 장소가 장소니만큼 쓸데없는 소리 하지 말아요.

— 알아. 아는데 이 공자 왈 제사는 보다 보면 졸음이 몰려온다니까. 풍아, 넌 안 졸려?

— ……저야 뭐 처음 겪는 일이잖아요.

— 조금만 있으면 머리가 띵띵 아파올 거다.

— 그래도 이게 다 저이들이 돈을 줘서 치르는 행사잖아요. 암 말 말고 지켜보기나 해요.

— 저이들이 무슨 돈을 내! 이게 다 시민들 세금으로 치르는 행사야.

풍이 보기에도 조전제는 좀 지루했다. 느릿느릿 진행이 되는 건 그렇다 하더라도 알아들을 수 없는 말들이 너무 많았다. 개사배(皆四拜)는 모두 절을 네 번 하라, 국궁(鞠躬)이라 외치면 모두 몸을 굽히라는 뜻이었다. 배(拜)는 엎드려 절하시오, 흥(興)은 허리를 펴서 세우시오다. 이런 제례용어들이 처음부터 계속 이어졌고 헌관과 집사들은 그 말에 따라 천천히 움직였다. 그렇게 신에게 참배를 드리는 예를 올리고 다음은 폐백(幣帛)을 드리는 예, 그 다음은 초헌관, 아헌관, 종헌관이 드리는 예가 똑같이 진행되었는데 그게 다가 아니었다. 음복례, 폐백과 축문을 소각하는 망료례(望燎禮), 신을 보내는 사신례(辭神禮)까지 줄기차게 이어졌다.

손을 씻고, 손을 닦고, 절을 하고, 나무로 만든 홀(笏)을 허리띠에 꽂거나 손에 들고. 향을 올리고, 술잔을 받아 술을 채우고, 술잔을 물리고, 신위 앞에 젓가락을 놓고, 숟가락을 메에 올리고, 꿇어앉아 허리를 굽히고, 축문을 읽고, 축문과 폐백을 소각하고, 다시 엎드려 성황신 내외에게 절하고, 절하고, 절하고, 또 절하고…… 풍은 마치 자신이 절을 받는 것만 같아 송구스러웠고 한편으론 절이란 게 신기하기까지 했다.

— 사람들은 절을 참 잘하는 것 같아요.

— 절을 잘해야 복을 받는 거야. 옛날엔 절 못하면 불상놈 취급했지. 절은 뭐니 뭐니 해도 기품이 있어야 해.

— 남자든 여자든 절은 이쁘게 해야 돼요.

풍은 조금 전 다함께 절을 올릴 때 단이 절했던 모습을 떠올렸다. 단의 절은 두 가지 다 섞였던 것 같았는데 한 가지 덧

붙인다면 어떤 고아함이 배어 있었다. 그게 다가 아니었다. 단의 절에는 뭐라 설명하기 어려운 또 무엇인가가 숨어 있는 것 같은데 풍으로선 그게 무엇인지 알 수 없었다.

— 절에는 절하는 사람의 마음이 담겨 있어야 돼. 겉으로 잘하는 절은 별 의미가 없어. 마음이 곧 기품인 거지.

— 마음이 이뻐야 절도 이쁜 거고.

성황 내외의 절 이야기를 들으며 풍은 단을 찾아 두리번거렸다. 조전제를 마쳤기에 이제 본격적으로 단오굿이 시작될 터였다. 첫 굿을 보려는 관객들은 점점 더 많이 모여들었다. 객석은 이미 빈자리가 없을 정도였다. 악사들이 무대를 둘러싼 채 먼저 자리를 잡았고 무녀들은 굿에 필요한 무구들을 준비하느라 분주했다. 풍은 무대와 무대 뒤편의 소품실을 오가는 단의 붉은 치맛자락이 환영처럼 펄럭거리는 모습에서 눈을 떼지 않았다. 치맛자락은 마치 서리 내리기 직전의 단풍나무처럼 눈부셨다.

— 풍아, 너는 오늘부터 정신 똑바로 차리고 굿을 지켜봐야

한다. 여러 신들을 모셔놓고 하는 굿은 이 세상을 이해하는 데 많은 도움이 될 거야.

성황의 목소리는 근엄했다. 단의 뒷모습을 쫓던 풍은 살짝 부끄러웠다.

— 어떤 신들이 오시는 거죠?

— 보면 안다. 우린 우리가 필요할 때만 있을 거니까 네가 우리 대신 제단을 잘 지켜야 돼.

— 여기에 계속 계시는 게 아니었어요?

— 풍아, 우리가 있으면 다른 신들이 불편하게 생각할 수도 있어. 그러니 자리를 비켜주는 게 좋아.

— 아……

굿이 곧 시작된다는 안내방송이 흘러나왔다. 무녀와 악사들도 모두 제자리를 잡았다. 천장에 매달아놓은 수박등과 용선, 탑등, 초롱등이 바람에 흔들리고 있었다. 제단에 절을 올리고 모란이 그려진 부채와 신칼을 들고 검은 갓에 푸른색 쾌자를 걸친 대장무녀는 마이크 앞에 선 채 삼면에 쭈욱 들어찬 관객들을 둘러보았다. 단풍보다 붉게 입술을 칠한 단은 대장 무녀의 주변을 맴돌며 굿에 필요한 무구를 챙기고 있었다.

4. 단의 슬픔

대장무녀가 부정굿(不淨-)의 문을 여는 춤을 느릿느릿 추기 시작했다. 부정굿은 본굿을 하기에 앞서 굿이 펼쳐지는 무대를 깨끗하게 정화시키는 굿이었다.

"풍아, 내 목소리 들려?"

주위를 둘러보았지만 단의 모습은 보이지 않고 목소리만 들려왔다. 풍은 이게 무슨 일인가 싶었다.

— 어디서 말하는 거야?

"풍아, 너 눈이 멀었구나. 정말 내가 안 보이니?"

— ……안 보여.

"부정을 타서 안 보이는 것인지도 몰라. 굿이 끝나기 전까지 날 찾아내지 못하면 신목 자격이 없는 거야. 무가를 잘 들어보면 찾을 수 있을 거야."

단의 목소리는 아주 가까운 곳에서 들리는데 부정굿이 펼쳐지는 제단 앞 무대 어디에서도 모습을 찾을 수 없었다. 관노 가면극의 배우들처럼 탈을 쓰고 옷을 갈아입기라도 한 것인

가. 풍은 혹시라도 온갖 잡귀, 객귀들을 몰아내려고 신칼을 든 채 장구재비의 장단과 추임새에 맞춰 무가를 부르는 대장무녀의 노여움을 탈까봐 조심하며 단을 찾았지만 허사였다. 잡귀, 객귀들은 아버지가 쓰는 갓과 어머니의 치마끈에도 묻어서 오는데 이 모든 부정을 맑은 물로 씻어내야 한다고 무녀는 노래했다. 그러면 말에서도 향이 나고 웃음에도 꽃이 핀다고 덧붙였다. 풍은 박수소리가 피어나는 객석을 차근차근 둘러보았다. 비손을 하는 할머니들의 손등에 주름이 촘촘하게 잡혀 있었다. 사진을 찍는 외국인들의 헝클러진 머리카락은 신기하게도 노란색이었다. 아주머니 한 분은 지폐를 들고 무대로 들어와 대장무녀의 허리끈과 바삐 장구채를 움직이는 장구재비의 장구에 한 장씩 꽂아주었다. 이윽고 무가를 모두 마친 무녀는 제단 앞에서 소지를 태워 그 재를 허공으로 날려 보내지 않고 물이 담긴 바가지에 담았다. 그녀는 하얀 술이 달린 신칼로 바가지의 물을 휘휘 저어 묻힌 뒤

무대를 한 바퀴 돌며 곳곳에 뿌렸다.

"풍아, 저건 성스러운 물로 잡귀를 몰아내는 의식이야."

목소리는 들렸지만 여전히 단의 모습은 보이지 않았다. 제단 앞으로 돌아온 대장무녀는 신칼을 든 채 왼쪽 출입구를 노려보았다. 그러자 그곳에 모여 있던 사람들이 슬금슬금 좌우로 물러나고 통로가 생겨났다. 무대에 앉아 있던 다른 무녀들이 그 통로를 더 넓히자 대장무녀의 신칼이 그곳을 가리켰고 장구소리가 말이 들판을 전속력으로 달리듯 휘모리장단으로 넘어갔다. 대장무녀의 손을 떠난 신칼은 흰 갈기를 날리며 날아갔다.

"칼끝이 바깥을 향하고 있어! 잡귀를 모두 쫓아냈다는 증거야."

— ⋯⋯만약 칼끝이 안쪽을 향하면?

"다시 던져야 돼. 바깥쪽을 향할 때까지."

— 계속 안쪽을 향하면?

"그런 일은 생기지 않아. 이건 여기 모인 사람들 마음의 일이

115

거든.”

— 마음의 일?

“응. 여기 모인 사람들은 단오제가 부정 타는 걸 바라지 않거든. 그게 마음의 일이야.”

— 단아, 무대 뒤편에서 어떻게 이쪽이 보여?

“이제 눈치 챘구나! 여기에 작은 구멍이 있어서 무대가 다 보여.”

— 왜 거기에 있어? 다른 무녀들은 밖에 있는데.

“다음 굿에 필요한 무구나 의상을 준비해야 돼. 나는 애기무녀잖아. 아, 출타하셨던 성황 내외분께서 오시는 것 같다.”

풍에게는 여전히 신들의 모습이 보이지 않았지만 제물이 한 가득 차려진 제단은 신들의 목소리로 활기가 넘쳤다. 서로 반갑게 인사를 나누고 그동안의 안부를 묻느라 바빴는데 마치 신들의 소풍이나 동창회를 엿보는 기분이었다. 이름 그대로 모든 신들을 불러 단오제 기간 동안 즐겁게 지내며 소원성취를 도와달라고 올리는 대장무녀의 화해동참굿이었는데 풍은 신들의 얼굴을 볼 수 없다는 게 아쉽기 그지없었다. 어떤 신은 벌써 술에 취했는지 노래까지 흥얼거리다가 국사성황신의 질책을 받기도 했다. 한마디로 눈에 보이지 않는 제단 위의 진풍경이었다.

제단 앞 무대 풍경도 그다지 다르지 않았다. 대장무녀는 춤 한 자락, 무가 한 소절을 반복하며 악사들과 함께 굿을 시연했고 단과 나이가 비슷한 또래의 무녀들은 가장자리에서 춤을 추었다. 좀 나이 들어 보이는 무녀 둘은 제단 바로 아래에 앉아 할머니들의 소원이 담긴 소지를 올려주고 있었다. 한지에 불을 붙여 태우다가 다 타면 검은 재를 허공으로 날려 보내기를 반복했다. 기이한 형태의 검은 재는 풍선처럼 둥실 떠올랐다가 어느 지점에서 천천히 가라앉았는데 그때 뒤에서 휴대용 진공청소기를 든 채 대기하고 있던 두 청년이 허공에서 호랑나비를 잡듯 재빨리 청소기의 흡입구로 빨아들였다. 그 묘기를 본 관객들 몇이 웃으며 박수를 칠 정도였다. 아마 소지를 태운 재가 제단의 제물이나 사람들의 옷에 묻을까봐 그러는 것 같았다. 멀리 날아간 재는 가느다란 나무막대기 끝부분으로 감아서 끌어오고 가까운 재는 청소기로 수거하는, 제단 왼편의 왠지 낯이 익은 꽁지머리 청년을 풍은 어디서 보았는지 기억해내려고 애를 썼다. 하지만 기억은 타버린 소지처럼 너울거리기만 했다.

객석을 가득 메운 관객들의 표정은 제단과 무대를 골고루 비추는 거울 같았다. 대장무녀의 춤과 무가에 집중하는 사람들, 장구와 징, 꽹가리를 두드리는 악사들의 손놀림에 눈을 돌리는 사람들, 천장에 매달린 용선을 탄 듯 어깨를 들썩이는 사람들, 부서질 듯 부서지지 않고 떠오르는 검은 재를 쫓는 사람들, 그리고 대관령에서 내려와 두 명의 신을 태우고 남대천 단오제단에 도착한 신목을 카메라로 찍는 사람들, 사람들……

"아들이 전국을 돌아다니며 화물차 운전을 하고 있다우."

헐렁한 몸빼를 입은 할머니가 바닥에 쪼그리고 앉아 대장무녀의 무가가 멈추고 춤이 시작될 때 목소리를 높였다. 제단 아래의 무녀가 고개를 끄덕이며 소지를 길게 접었다. 할머니는 엉덩이를 뒤로 뺀 채 절을 하고 검은 재는 너울너울 날아올랐다.

"막내 놈이 마흔을 넘었는데 장가갈 생각을 안 한다우."

촛불의 불꽃이 소지의 끝부분으로 날름 옮겨갔다.

"서방이란 작자가 나이 팔십이 넘었는데도 매일 술만 처마신다우. 우터하면 좋겠소?"

흰 소지가 검은 소복으로 옷을 갈아입었다.

"손주가 이 달 말에 군댈 갑니다."

무녀의 손가락 끝에서 검은 재가 둥실 떠올랐다.

"며느리가 암에 걸려 중환자실에 있다우."

허공을 떠다니던 검은 재가 진공청소기의 구멍 속으로 얌전히 빨려 들어갔다.

제단을 찾아와 소원을 비는 할머니들의 행렬은 무대의 굿처럼 끊이지 않았다.

"광 넓은 논도 사고 사래 긴 밭도 사고……앞 노적도 불과주고……뒷 노적도 불과주고……먹고 남고 쓰고 남고……농사자원을 점제(점지)시키고……농업자나 학업자나……공무원이나 회사원이나……학업 중에 있는 자손들이나……직업에 따라서 상업하는 분들도……소원성취대로 점제하고……동서남북 쌓인 제물은……나날이 문전에 점제시키고……운수업을 하는 자손들도 많사옵니데이……음주운전도 하지 말고……과속운전도 하지 말고……대관령 아흔아홉구비…구비 구비 모랑지 모랑지……넘어 다닐지라도……교통사고도 막아주고……인사사고도 막아주고……초등학교 중학교나 고등학교나……대학이나 대학원이나……우등생을 점제하고……장학생을 점제하고……

모범생도 점제하여……과거 문도 열어주고……벼슬 문도 열어주고……금테자리도 점제하고……남의 눈에 꽃이 되고……남의 눈에 잎이 되고……우여차 국사성황님네 나 모시러 간다아 하으아……"

대장무녀가 굿을 마치자 장내에 박수소리가 물결쳤다. 제단에 모여 있는 여러 신들도 품평을 하느라 덩달아 소란스러워졌다. 풍으로선 삼십 여분 가까이 진행되는 굿의 긴 무가 가사를 어떻게 다 외우고 있는지 그저 신기할 따름이었다. 대장무녀는 단이 건네준 물을 모두 마시고 제단 뒤편으로 사라졌지만 소지를 올리려는 할머니들은 주머니에서 꼬깃꼬깃 접은 쌈짓돈을 꺼내 펴느라 바빴다. 풍은 신들이 나누는 대화를 들으며 할머니들의 절하는 모습과 화르르 불이 붙었다가 재로 변하는 소지의 짧은 여행을 바라보았다.

— 다음 굿은 뭐지?

— 밥 먹는 굿이지 뭐긴 뭐겠어. 무녀들도 점심을 먹어야 굿

을 할 거 아닌가.

— 오후엔 조상굿을 시작으로 세존굿, 중잡이굿, 칠성굿, 축원굿이 이어질 거야.

— 뭐가 제일 재밌을까?

— 당연히 화랭이들이 펼치는 중잡이굿이 최고지!

— 아냐. 당금애기가 등장하는 세존굿이 오늘 굿의 백미야.

신들은 소풍을 나온 어린아이들처럼 한층 들떠 있었다. 풍은 신들이 사람들 눈에 보이지 않고 목소리가 들리지 않는 게 차라리 다행이라는 생각을 슬그머니 했다. 풍이 보기엔 제단 위의 신들보다 제단 아래에서 절을 하며 소원을 비는 할머니들이 신에 더 가까워 보였다.

"풍아, 점심 먹고 올게."

무녀들과 양중들이 다 빠져나가고도 한참 뒤에 단은 제단 뒤편의 방에서 나왔다. 복장은 그대로였고 대신 손에 자그마한 가방 하나를 들고 있었다. 단은 제단과 제단 아래에 아직 남아 있는 재를 진공청소기로 청소하고 있는 꽁지머리 청년에게 다가가 어깨를 두드렸다.

"석기야, 소개시켜 줄 친구가 있어."

단은 제단 주변을 두리번거리더니 풍을 가리키며 나지막한 목소리로 입을 열었다.

"신목 이름이 뭔지 알아?"

"……."

"풍이야. 나랑 친구하기로 했어."

"……."

그제야 풍은 꽁지머리 청년이 누구인지 떠올랐다. 바로 국사성황당에서부터 단의 주변을 서성거리며 사진을 찍던 그 청년이었다. 청년은 청소기를 든 채 제단 위의 풍을 올려다보았다. 맑은 눈을 가진 청년이었다.

"단아, 신목이 내 말을 들을 수 있어?"

"들을 수 있어. 하지만 너는 무속의 세계에 들어온 지 얼마 되지 않아서 아직 풍이의 말을 들을 수 없을 거야. 나는 들을 수 있지만."

"풍아, 석기에게 한마디 해봐."

― 국사성황당에서 사진 찍을 때 처음 봤어.

"아, 그랬구나!"

"석기야, 들었어?"

"……안 들려."

"네가 성황당에서 우리 무속인들 사진 찍을 때부터 보았대. 하여튼 우리 셋 다 스무 살 동갑이니 친구야, 친구!"

"그런데…… 아무리 신목이라지만 나무가 어떻게 말을 하지?"

"그래서 신목인 거야."

"단아, 신들의 목소리는 들리지 않는다며?"

"신들의 존재를 느끼기는 하는데 목소리는 안 들려. 꼭 듣고 싶은 말이 있는데 간절한 마음만으로는 부족한가

봐……"

단의 표정이 어두워졌다.

"그게 뭔데?"

"얘기하지면 길어. 밥이나 먹으러 가자."

굿은 계속되었다. 무녀들은 돌아가며 굿을 했다. 보통 한 시
간 가까이 걸리는 중요한 굿은 경륜이 높은 무녀가 했고 전
수생인 단은 그 옆에서 춤을 추거나 무구를 챙기는 경우가
많았다. 또 굿이 끝나면 객석을 돌며 꽹가리를 뒤집어 그 안
에다 복전을 걷기도 했다. 무녀들의 화려한 복장으로 온통
울긋불긋한 무대는 마치 단풍이 절정인 풍경 속에 들어와
있는 것만 같았다. 그 풍경 속에서 무녀들은 각성받이 육성
받이 온갖 조상신들을 불러 모아 후손들의 번창과 장수를
기원했다. 마치 신들과 무녀들, 그리고 인간들이 한데 모여
한바탕 잔치를 벌이는 것만 같았다.

휴식도 잠시 당금애기의 세 아들이 한 번도 본 적이 없는 아버지를 찾아 긴 여정을 이어가는 세존굿이 이어졌다. 풍은 깊은 밤 왕거미로 변신해 당금애기의 방으로 들어가 정을 통한 스님의 행태에 화가 나 몸을 부르르 떨 정도였다. 당금애기 역시 불같이 화를 내자 스님은 둘은 부부가 될 사주였다고 사주책까지 펼쳐 보이며 알려주었다. 그래도 풍의 마음은 편하지만은 않았다. 그것은 왠지 국사성황이 정씨 처녀를 아내로 삼은 경우와 비슷하다는 생각이 들었기 때문이었다. 당금애기는 결국 임신을 했고 집에서 쫓겨나 뒷산 바위틈에서 세쌍둥이를 낳은 것은 범일국사였던 국사성황의 탄생과도 닮아 있었다. 이후 당금애기와 세 아이는 아버지를 찾아 금강산으로 떠나 남편과 아버지를 만났는데 이 의심 많은 스님 아버지는 어이없게도 세 아들이 자기 아들인지 몇 차례에 걸쳐 시험을 했다. 하여튼 이 우여곡절 끝에 다들 신이 되었는데 그 중 당금애기는 강릉으로 와서 삼신할미가 되었다는 내용의 굿이었다.

그러고 나서도 굿은 계속 이어지다가 어두워질 무렵 축원굿으로 마무리되었다. 뒤편 계단식 좌석의 관객들은 자리를 많이 비웠지만 앞쪽 평상의 할머니들은 하루의 굿이 모두 마무리될 때까지 소지의 불을 꺼트리지 않았다. 꽁지머리 석기역시 진공청소기로 검은 재를 수거하느라 자리를 지키고 있었고.

— 신들의 세계는 이해할 수 없는 게 너무 많은 것 같아.

성황 부부가 밤나들이를 떠나고 셋이 남게 되자 풍은 낮에 당금애기가 등장하는 세존굿을 본 소감을 단에게 이야기했다. 평상복으로 갈아입고 나온 단은 석기가 무대를 청소하는 걸 도와주다가 풍을 돌아보았다.

"풍이 너, 당금아기씨 얘기에 홀딱 빠졌구나. 뭐가 이해되지 않아?"

— 솔직히 난 신과 결혼한 당금애기의 처지가 너무 불쌍해.

원했던 삶은 아니었잖아. 받아들이는 건 나중 문제고.

"우리가…… 신들의 깊은 뜻을 다 알 수는 없을 거야. 운명을 모르듯이."

단의 표정에 그늘이 내려앉는 것을 풍은 느낄 수 있었다. 풍의 말이 들리지 않는 석기는 영문을 모르겠다는 얼굴이었다.

— 운명?

"응. 신은 당금아기씨도 모르는 당금아기씨의 운명을 알고 있었을 거야. 그래서 아기씨를 구하기 위해 찾아갔던 걸 거야."

— 국사여성황님의 경우처럼?

단은 고개를 끄덕였다. 얼굴의 그늘은 사라지지 않고 있었다.

"어쩌면 우리 무녀들도 비슷한 경우일 거야. 나 역시 무녀가 될 거라곤 생각조차 해본 적이 없어."

— 아…… 그럼 어떻게 무녀가 된 거야?

"……처음엔 이유 없이 아팠어."

"둘이서 무슨 얘길 하는 거야?"

무대 청소를 마친 석기가 다가왔다. 단의 얼굴에서 그제야 미소가 피어났다. 풍은 두 사람이 잘 어울린다는 생각이 들었다. 그러자 묘하게도 마음 저 밑바닥에서 무엇인가가 출렁거리기 시작했다.

단과 석기가 떠나고 홀로 제단에 남은 풍은 바깥 풍경을 구경했다. 어두워져가는 풍물시장은 단오장 구경을 나온 사람들로 인산인해를 이루고 있었다. 모두들 즐거운 얼굴들이었다. 어떤 사람들은 걸음을 멈춘 채 휴대폰카메라로 신목을 찍기도 했는데 그때마다 풍은 보이지 않는 미소를 지어주었다. 또 어떤 사람들은 평상에 걸터앉아 다리를 주무르며 쉬어가기도 했다.

출타한 성황 부부는 무엇을 구경하고 있을까? 제단을 가득 메웠던 다른 신들은? 없는 것 빼고 다 있다는 단오제의 풍물시장에 풍도 구경나가고 싶었지만 그럴 수는 없었다. 신들은 보이지 않지만 풍은 보이는 신목이었다. 풍은 사람들처럼 다리가 있어 단오제 풍물시장을 구경하는 자신의 모습을 상상해보았다. 사람들은 영신행사 때처럼 환호를 하며 박수를 칠 것이다. 가까이 다가와 사진을 찍으려고 북새통을 이룰지도 모른다. 만약에 코끼리가 있다는 서커스 공연장으로 들어간다면? 혹시 코끼리가 긴 코를 내밀어 나뭇잎을 따먹으려 하지 않을까? 야바위꾼에게 다가가 돈내기를 하면 아마 사람들이 욕을 하겠지. 아, 험상궂은 탈을 쓴 시시딱딱이와 허리가 뚱뚱한 장자마리, 그리고 양반광대와 소매각시도 있었지…… 풍은 관노가면극이 펼쳐지는 무대에 서 있는 모습을 상상하며 스르르 잠이 들었다.

"예수, 천당—! 불신, 지옥—!"
대장무녀의 손님굿이 한창 시연되는 중이었다. 휴대용스피커를 들고 나타난 사내가 무대를 향해 목소리를 높였다. 호환,

마마를 피해 자식을 절간에 숨기는 대목을 노래하던 대장무녀는 무가를 멈추고 사내를 지그시 바라보았다. 양중들은 연주를 멈추지 않았다.

"예수, 천당! 불신, 지옥-!"

사내가 들고 있는 빨간 스피커에서 찢어지는 소리가 터져 나왔다. 관객들이 웅성거렸다.

"아저씨, 알겠으니 이제 그만 가세요."

대장무녀의 목소리는 차분했다. 하지만 사내는 무대 정면 방송장비가 있는 곳에 다시 나타나 같은 구호를 반복했다. 스피커가 담긴 검은 가방을 어깨에 메고 마이크를 든 사내의 얼굴은 사막을 오래 걸어온 것처럼 까맣게 그을려 있어 왠지 안쓰러워 보였다. 사내는 진행요원들의 만류에도 불구하고 무대를 향해 몇 차례 더 구호를 외치고 사라졌다.

아무 일도 없었다는 듯 대장무녀의 손님굿은 다시 이어졌다. 노고할매의 극진한 대접을 받은 손님네가 이번에는 구두쇠로 소문난 김장자의 집을 찾아갔다가 문전박대를 당하는 장면이었다. 화가 난 손님네는 금강산 유점사에 숨겨놓은 김장자의 외동아들 철영이를 데려와 몸에 온갖 부정한 것과 잡귀 잡신을 넣어버렸다. 그러자 철영이는 물 한 모금 못 마시고 온몸에 열이 나더니 아예 정신을 잃을 지경이 되었다. 그제야 김장자와 철영이 어머니가 후회를 하고 손님네를 지극정성으로 대접하려 하지만 소용없는 일이 되고 말았다. 숨을 거둔 철영이는 혼으로 변해 손님네가 타고 온 말고삐를 잡은 채 먼 길을 떠날 채비를 하는 중이니……

대장무녀는 단이가 준비한 물을 마시느라 잠시 굿을 멈췄다. 그 옆에는 짚으로 만든 말이 두 귀를 쫑긋 세운 채 슬픈 표정으로 어디인가를 바라보고 있었다. 그 말의 머리를 어루만지며 대장무녀는 관중석을 천천히 둘러보았다. 마치 누군가를 찾는 것처럼. 심지어는 제단 아래에 엎드려 절을 올리고 있는 할머니의 뒷모습까지 찬찬히 바라보더니 다시 부채와

댓잎이 달린 가느다란 대나무가지를 양손에 쥔 채 마이크 앞
으로 다가왔다.

여러분, 이제 우리 손님네가 철영이를 마부 삼아 또 세상
방방곡곡을 떠돌게 되는데 이 말이 어떤 말인지 궁금하
지요? 여기 있는 말은 짚으로 만든 말이고 진짜 말은 따
로 있는데, 어디 보자…… (대장무녀의 시선이 조금 전처
럼 관중석을 한 바퀴 돌다가 멈춘 곳은 제단 왼쪽에서 청
소기로 소지를 수거하고 있는 석기에게서였다.) 저기 있네!
(석기는 졸지에 청소기를 놓고 대장무녀 앞으로 얼굴이 벌
게진 채 불려나왔다.) 자, 손님네들이 타고 다니는 이 말이
어떤 말인가. 머리도 좋고(무녀의 손이 석기의 머리를 쓰다
듬었다), 귀도 잘 생겼고(이번엔 귓불을 만졌다. 석기의 얼
굴은 더 붉어졌다), 어깨도 튼튼하고, 어이구야, 이 튼튼한
등짝 봐라! 자, 손님네가 말을 타고(이번에 석기는 진짜 말

처럼 바닥에 엎드렸는데 관중석에서 웃음이 피어났다. 대장무녀는 석기의 등에 엉덩이를 걸쳤다), 철영이와 함께 어느 마을에 당도했는데 쑥대밭으로 변한 곳을 가만히 살펴보니 바로 철영이 집이구나.

귀가 먹은 철영이 아버지는 채를 만들고 엄마는 그걸 팔려고 길바닥에 앉아 있네. 말을 몰고 오던 철영이 어머니 모습을 보는데 어머니는 철영이 모습을 볼 수가 없네. 철영이 거동 보소. 우리 아버지 우리 어머니 전생에 무슨 죄를 저리 많이 지어서 밥 바가지 옆에 끼고 채머리 흔들고 있나. 철영이 어머니 거동 보소. 아들아, 아들아, 아이고 내 철영아. 죽었나 살았나 불쌍한 내 철영아. 철영이 친구들 뛰노는 모습을 보며 눈물을 짓는구나. 다시 길을 떠나 이번엔 노고할매 집으로 가니 청동기와에 옥돌마루를 깔아 으리으리하구나. 가난한 재물은 철영이네로 가고 철영이네 그 많던 재산은 마카 마음 고운 노고할매 집으로 들어갔구나. 음지가 양지 되고 양지가 음지 되었구나. (마침내 대장무녀는 석기의 등에 걸쳤던 엉덩이를 들고 일어났다.) 여러분, 말 노릇 하느라 고생한 야 한테 박수 한 번 보내주세요. 야 이름이 석기인데 제 손자뻘 입니다. 아직 악기 연주가 서툴러 저기서 소지를 줍고 있지만 아마 연습을 많이 해서 내년 단오 땐 여 앉아 꽹가리를 두드리고 있을 낍니다. 박수 한 번 더 주이소!

석기는 원래 자리로 돌아가 다 탄 소지를 다시 청소기로 빨아들였다. 잠시 손님굿의 말이 되었던 석기에게 관객들이 더 많은 눈길을 주고 있다는 것을 풍은 알 수 있었다. 심지어 허공을 날아가는 소지를 석기가 절묘하게 낚아채면 박수까지 치는 관객도 있었다. 대장무녀를 보좌하던 단도 그런 석기에게 살짝 미소를 지어주었다.

대장무녀의 손님굿은 막바지로 접어들었다.

손님네요, 손님네요. 오늘도 이렇게 좌정하시고 이렇게 손님네 거룩하게 자손도 먹고 입게 불과주시고 입고 먹게 불과주시고 꼼보도 막아주고 째보도 막아주고 홍역도 막아주고 마마까지 막아주시고 손님네 거룩하게 자손들 명을 주시고 자손들 먹고 입게 무병장수 시켜주시고 일 년 열두 달 낱낱이 다 지나갈지라도 고이고이 받들어주시고 소원성취하도록 점지하옵소서—.

— 역시 굿은 손님굿이야!

— 여자들이 좋아할 굿이야. 안 그래, 풍아?

— 저는 재미있었어요.

— 너 사내 맞아? 하여튼 굿은 거개 다 여자들이 좋아하게 만들어졌어. 요즘 텔레비전 연속극이랑 비슷해.

— 옛날부터 여자들 삶이라는 게 한이 많아서 그래요. 남자들이야 일을 저지르기만 했지 수습은 다 여자들이 했잖아요.

— 남자들 삶도 쉬운 게 아냐. 전쟁이 나면 전쟁터에서 한꺼번에 죽는 게 남자들 삶이라고.

— 그렇게 되면 남은 자식들 키우는 건 여자들이고요.

성황 부부의 대화는 마치 인생사의 희로애락을 말로 펼쳐 보이는 듯하여 풍은 숙연해졌다. 굿을 구경하는 사람들의 얼굴에도 그 희로애락이 골고루 나눠져 있는 것 같았다. 특히 소지를 올리기 위해 제단 앞까지 찾아오는 할머니들의 표정은 더 절실해 보였다. 주름살 하나하나에 그녀들이 염려하는 가족들의 삶이 출렁거리고 있었다. 신목이 되지 않았다면 결코 경험할 수 없는 세계였다.

— 인간은 그 고통에서 벗어날 수가 없어. 그게 인간의 운명이야.

묵직한 성황의 목소리였다.

— 너무 잔인하게 말하지 말아요. 벗어날 수는 없지만 위로할 수는 있잖아요. 서로 위로하며 사는 게 인간이에요. 그래서 이런 자리가 있는 거고.

— 풍아, 이게 인간 세상이란다. 나무와 인간으로 사는 것 중 선택할 수 있다면 넌 어느 게 좋냐?

왠지 무엇인가를 성황이 질문을 통해 시험하고 있는 것만 같아 풍은 긴장했다.

— ······전 인간을 택하고 싶어요.

— 왜?

— ······나무보다 더 힘들어 보이는데 그럼에도 살아가는 모습에 어떤 의미가 있어 보여요. 그걸 찾으려고 애쓰는 게 처음엔 애잔해 보이지만 점점 멋있어 보이기도 하고요.

— 이놈이 신목이 되더니 제법이네.

— 풍아, 너는 훗날 신이 될 자격이 충분하다!

여성황의 격려였다.

풍이 있는 자리는 인간들의 고단한 삶을 들여다보는 자리였다. 세칭 잘 나간다는 사람들도 찾아와 절을 올리고 소지를 태우기도 했지만 대부분은 서민들이었다. 그들이 제단 밑에 앉아 있는 무녀에게 털어놓는 사연 또한 각기 다르지만 뭉뚱그린다면 잘 되지 않던 일들이 이제부터라도 잘 되게 해달라는 소원이었다. 그 소원들이 종이에 불로 옮겨 붙었다가 다 타면 허공으로 둥실 떠올랐다. 어떤 재는 풍이 펼치고 있는 잎 위에 사뿐하게 올라앉기도 했다. 손자가 학교 앞에서 교통사고를 당해 큰 수술을 받고 중환자실에 누워 있다는 할머니의 사연이었다. 할머니의 얼굴은 누가 보아도 근심이 가득했다. 풍은 하루빨리 손자가 완쾌되게 해달라는 사연이 담긴 재를 떨어뜨리지 않으려고 온힘을 모아 그 잎으로 보냈다. 재는 잎 위에서 파르르 떨고 있었다. 제단 아래 쪼그려 앉아 눈물을 글썽이는 할머니의 비손은 멈추지 않았다. 소지를 태운 무녀가 손수건을 꺼내 할머니의 주름진 눈물을 정성껏 훔쳐내도 소용이 없었다. 그때였다. 잎 위에 앉았던 재가 다시 둥실 떠오르더니 천장 아래에서 자그마한 종이배처럼 천천히 유영하기 시작했다. 그 재의 행로를 바라보고 있는 사람은 제단 옆에서 청소기를 들고 있는 석기뿐이었다. 재는 너무 높이 떠 있어 청소기로 재를 수거하기에는 무리였다. 그렇게 유영하던 재는 이윽고 천장 아래를 벗어나 더 넓은 하늘로 너울 너울 사라졌다. 석기의 시선이 그곳으로 따라갔다가 돌아왔다.

— 성황님이 날려 보낸 거예요?

풍은 궁금증을 못 이기고 물었다.

— 내가 재나 날려 보내려고 신이 된 줄 아냐.

— 내가 날려 보냈소.

여성황의 목소리였다.

— 당신, 인간사에 너무 간여하는 거 아냐?

— 간여할 만하니 간여한 거예요.

대관령을 떠난 뒤부터 마치 꿈처럼 흘러가는 풍경들을 하나라도 놓치지 않으려고 풍은 신경을 곤두세웠다. 두 번 다시 볼 수 없기 때문이었다. 풍은 알고 있었다. 단오가 끝나면 자신은 남대천 둔치에서 굿에 사용된 다른 무구들과 함께 소지처럼 불태워진다는 것을. 재가 되어 하늘로 훨훨 날아간다는 것을. 그러했기에 지금 제단 위에서 보는 모든 게 더없이 소중했다. 그럴 능력이 있다면 학교 앞에서 교통사고를 당한 할머니의 손자를 당장 벌떡 일어나게 해주고 싶었지만 풍은 아무것도 할 수 없는 신목일 뿐이었다. 그게 속상했다.

"예수, 천당—! 불신, 지옥—!"

손님굿을 할 때 보았던 사내가 휴대용스피커가 담긴 가방을 멘 채 다시 지나갔다. 사내는 여전히 뜨거운 사막을 건너가고 있는 것처럼 보였다.

— 성황님, 왜 아무 말씀도 안 하세요?

— 뭔 소리야?

— 저 분에 대해서요.

— 무슨 말을 해. 다 힘들고 외로워서 그러는데.

풍은 굿이 벌어지는 단오제단을 한 바퀴 돌고 다시 인파들 속으로 사라지는 사내의 뒷모습을 쫓다가 돌아왔다. 사내의 신은 어디에 있을까 궁금해하며.

단이 단독으로 시연하는 산신굿이 진행되고 있었다. 하늘빛 저
고리와 노을이 번져가는 치마 위에 쾌자를 걸친 단의 표정은
그 어느 때보다도 진지했다. 쪽진 머리에는 흰 수건을 둘렀고
손에는 모란이 그려진 부채와 비취빛 수건을 들고 있었다. 부채
를 펼쳐 머리 위로 올리면 마치 허공에 모란꽃들이 둥둥 떠다
니는 듯했고 버선을 신은 한쪽 발을 살짝 들면 한 마리 나비로
변해 꽃밭을 훨훨 떠다니는 것만 같았다. 초반에는 무가 네 소
절 춤 한 자락으로 이어지더니 중반부터는 무가 한 소절 춤 한
자락으로 바뀌었다. 이 땅의 크고 작은 산들의 산신들을 일일
이 호명하고 춤을 추는 단의 아리따운 모습에 관객들을 박수
를 쳤고 나이 든 무녀들도 자리에 앉아 시종 흐뭇한 눈길을 거
두지 않았다. 풍은 성황 부부가 어떤 표정을 짓고 있는지 몹시
궁금했지만 역시나 변함없이 눈으로는 볼 수 없는 신들이었다.

강릉시내 각성받이 육성받이 자손들

단의 오른손에 들린 부채가 허공에서 천천히 내려오고 왼손
의 수건이 어깨 위로 올라갔다.

가정마다 안과태평

비취빛 수건이 넘실넘실 흩날렸다.

자손들은 장성하고

이번엔 부채와 수건이 앞으로나란히를 한 채 하늘거렸다.

물 안이나 물 위나

세 송이 붉은 모란은 잔잔하게 떠내려가고 있었다.

사고 없도록 점지하고

배를 닮은 단의 흰 버선코는 여울의 물살을 가볍게 넘어갔다.

동서남북 쌓인 재물은

양팔을 옆으로 뻗으니 부채와 수건은 든든한 돛처럼 보였다.

나날이 문전에 넘쳐나게 해주고

단이 한 바퀴 돌자 쾌자자락이 펄럭이면서 노을 같았던 치

마는 일순 모란 꽃밭으로 펼쳐졌다. 할머니들의 박수가 쏟아졌다.

동서남북으로 다니는 자손들

그런데 단이 치마를 날리며 한 바퀴 돌 때 제단 위의 풍은 이상한 점을 보고 말았다. 단의 얼굴에 식은땀이 송알송알 매달려 있었다. 산신굿은 땀을 흘릴 만큼 힘든 굿이 아니었다. 풍의 마음이 두근거리기 시작했다.

하는 일마다…… 잘 풀리게…… 해주고……

단은 꽃잎이 떨어지듯 쓰러졌다. 주저앉은 것도 아니고 나무의 밑동이 톱에 싹둑 잘린 것처럼 한순간에 쓰러졌다. 왜? 왜! 왜…… 풍은 석기의 등에 업혀 실려 나가는 단의 모습을 보며 다시금 사람처럼 다리가 있었으면 좋겠다는 생각을 했다. 단이 중단한 산신굿의 마무리는 대장무녀가 이어받았다.

"우리 애기가 이렇게 큰 무대는 처음이다 보니 많이 긴장했나 봅니다. 저도 애기무녀였을 때 굿을 하다 무가가 기억나지 않아 춤만 계속 추었던 적이 있어요. 조금 전에 쓰러진 무녀 이름이 단이에요. 제가 장담하는데 훗날 큰 무녀가 될 겁니다. 저 아이를 꼭 기억해주세요. 우리 성황님 내외분도 저 아이를 어여삐 여겨주시길 바랍니다."

— 당신이 보기엔 어때요?
여성황이 물었다.
— 뭐가?
— 우리 단이가 나중에 큰 무녀가 될 수 있겠어요?
— 내가 그걸 어떻게 알아.
— 당신이 모르면 누가 알아요?
풍은 제단 뒤편에서 석기가 단을 위로하는 소리에 귀를 기울였다.

자정이 지난 시간, 곱게 한복을 차려입은 단이 석기와 함께 단오제단의 문을 열고 들어왔다. 단은 제단에 절을 올렸다. 석기는 청소기 대신 장구 앞에 앉았다.

"풍아, 국사성황님 내외분 계시니?"

— 계셔.

"주무시니?"

— 이 늦은 시간에 여길 왜 찾아온 거냐고 물어봐라.

호기심이 가득 묻어 있는 성황의 목소리였다. 단은 사죄를 드리고 싶어서 온 거라고 입을 열었다. 대장무녀님께 그 뜻을 전했더니 그렇다면 가서 낮에 못다 한 산신굿을 국사성황님 님 내외분께 다시 시연하라는 거였다.

— 그 대장무녀 성격 한번 고약하구나.

— 그러게 말이에요. 뭐 그딴 일로 이 시간에 애를 여기까지 보내니. 걔도 어릴 땐 굿하다 실수투성이었어.

— 풍아, 하여튼 그 마음 충분히 이해하니 안 해도 된다고

전해라.

— 아직 애기무녀인데 오늘 마음고생이 컸겠네. 어차피 왔으니 여기 앉아 쉬다가 가거라. 아직 젊은데 무녀 생활은 또 얼마나 힘들까.

만류에도 불구하고 단은 고집을 꺾지 않았다. 대장무녀의 지시도 지시지만 산신님들과 스스로에게 무녀로서의 신념을 보여주고 싶어 했다. 그걸 지켜내야만 한이 되지 않을 것 같다고 뜻을 밝혔고 결국 성황 내외는 고개를 끄덕였다. 관객도 없는 단오제단의 무대에서 단은 잠시 호흡을 가다듬더니 이윽고 춤을 추기 시작했다. 제단과 무대 위의 조명만 은은한 빛을 밝히고 있었다. 천장에 매달아놓은 초롱등과 수박등, 용선, 탑등이 단의 춤사위를 따라 빙글빙글 돌아가는 것만 같았다. 마이크도 없이 하는 단의 목소리는 풍이 듣기에도 낮과는 확연히 달랐다. 한마디로 애잔했다. 모심을 청하는 단의 부탁을 거절할 산신들은 없을 것 같았다. 아무리 면

곳, 먼 산에 거주하는 산신이라도 한달음에 달려올 정도로 호소력이 대단했다. 석기의 장구는 그 노래와 춤에 힘을 실어주었고.

모시자 모시자 산신님네를 모시자
대관령 산신님네를 모십시다

이렇게 시작한 단의 산신굿은 마침내 손에 든 모란부채를 접으며 끝을 맺었다.

우여차 산신님네 나 모시러 간다

단은 다시 제단을 향해 오래 절을 올렸다.
성황 내외가 박수를 쳤다. 풍도 박수를 치고 싶었지만 손이 없었다. 단의 얼굴엔 낮에 쓰러질 때보다 더 많은 땀방울이

맺혀 있었다.

― 풍아, 우린 나갔다가 새벽에나 올 테니 너희들 셋이 얘기 나누어라.

여성황의 다소 들뜬 목소리였다.

― ……어딜 가시는데요?

― 갈 곳이야 넘치지.

― ……단이에게 해줄 말은 없으세요?

― 이미 다 했단다.

석기가 생수를 가져와 단에게 내밀었다. 둘은 제단 아래 소지를 올리는 곳에 앉아 땀을 식혔다. 풍은 성황 내외의 박수를 전해주었다. 그동안 굿을 보면서 성황 내외가 함께 박수를 친 적은 처음이라는 사실도 알려주었다. 단은 얼굴을 붉혔다. 고수로 변신한 석기도 엄지를 치켜세웠다.

"네가 장단을 잘 맞춰줘서 무사히 끝마칠 수 있었어."

"아냐, 아직 멀었어. 아직 추임새도 잘 할 줄 몰라."

"너처럼 노력하는 사람 별로 없어. 내년에는 분명 이 무대에서 장구를 치게 될 거야. 내가 확신해. 너에 비하면 사실 난 억지로 굿을 배우는 건지도 몰라. 낮에 쓰러진 것도 어쩌면 그런 내 마음이 작용해서 벌어진 일일 거야."

풍은 두 사람의 얘기를 듣기만 했다. 제단 위가 아니라 풍도 두 사람처럼 바닥에 주저앉아 이야기를 나누고 싶었다. 하지만 신목은 신목일 뿐이었다. 인간들 사이로 들어갈 수 없었다. 그나마 말이라도 들을 수 있는 걸 감사해야 했다.

"난 아직도 무녀의 삶을 전부 받아들이지 않는 것 같아. 아무리 마음을 다잡아도 거부하는 마음이 어딘가에 숨어 있다가 중요한 고비 때마다 모습을 드러내는 것 같아."

— 단아, 그게 무슨 얘기야?

풍이 제단 위에서 물었다. 단이 고개를 돌려 풍을 바라보았다. 풍의 말이 들리지 않는 석기는 단의 시선을 쫓았다.

"나는 당골, 세습무녀야. 세습무녀는 자기가 싫어도 언젠가는 무녀가 되어야 해. 거부할 수가 없어. 나도 한때 온몸을 다해 거부했어. 그냥 평범한 사람들처럼 살고 싶었어. 집에서 가급적 멀리 도망쳐서 살았어. 하지만 그건 불가능한 일이었어. 안 좋은 일들이 계속해서 일어나는 거야. 사고가 나고, 이유 없이 몸이 아프고, 죽을 뻔한 고비를 넘기고, 가까운 사람이 저세상으로 떠나고…… 결국 돌아올 수밖에 없었어. 이성적인 판단으론 도저히 받아들일 수 없는데 삶은 그렇지 않은 방향으로 치닫는 거야. 그렇게 신을 받아들이고 무녀의 길을 걷기 시작한 거야."

잔잔한 단의 눈빛엔 어떤 체념이 서려 있는 것 같아 풍은 마음이 아팠다. 석기가 천천히 고개를 주억거렸다.

"근데 결정을 내렸는데도…… 아직 마음 속 어딘가에 무엇인가가 숨어 있는 것 같아."

"나도 한땐 그 문제로 괴로웠어. 신문기자가 되고 싶은 꿈을 접게 돼서 많이 아쉬웠지만 근데 지금은 좀 달라. 기왕 이런 운명 속에 들어온 거라면 거부하기보단 끝까지 가보고 싶어. 이 길의 끝이, 장구 연주의 끝이 어딘지 맛보고 싶어."

풍은 두 사람의 얘기가 슬프고 또 왠지 부럽기도 했다. 신과 인간 사이에 존재하는 자로서 살아가야 하는 슬픔과 기쁨. 풍이 보기에 신은 짓궂고 집요하고 까다롭고 가끔 너그러웠다. 또 어떨 땐 신 역시 슬픈 존재들이었다. 그럼 인간은?

"풍아, 너는 어때?"

조금씩 시들어가는 풍의 잎들을 단이 바라보며 물었다. 석기도 풍을 바라보았다. 깜박 잊고 있었던 무엇이 갑자기 떠오른 풍은 무대 위의 두 사람을 바라보았다. 바라보고, 바라보고, 다시 바라보고…… 신목이 되겠다고 스스로 청해서 대관령을 넘어 단오제단까지 오긴 했지만 풍은 두 사람에게 할 말이 없었다. 풍에게 있어 신목은, 신과 무녀, 인간의 세계를 얼마 동안 엿보는 행운을 누릴 수는 있었지만 아직까지는 그저 단오제의 소모품일 뿐이라는 생각밖에는 들지 않았다. 단오제가 끝나면 한 줌 재로 돌아갈 운명이었다.

"미안해, 풍아. 미처 네 처지를 헤아리지 못했어……"

— ……아냐. 아주 소중한 경험을 했어.

음력 5월 8일. 오전 11시부터 시작된 굿은 오후 3시가 되자 무녀들이 모두 무대로 나와 꽃노래굿, 뱃노래굿, 등노래굿을 펼칠 준비를 했다. 여드레 동안 열렸던 단오제 마지막 날인지라 객석은 만원이었고 통로와 오른편 제방의 시멘트계단에도 사람들이 들어차 있었다. 무녀들은 제단을 장식했던 각종 조화를 뽑아 손에 들고 춤을 췄다. 대장무녀는 세상을 물들이는 만화방초의 이름들을 하나하나 열거하며 신과 인간을 칭송했다. 붉은 사계화를 든 단은 마지막까지 휴대용청소기로 소지를 수거하는 석기 옆에서 나비처럼 두 팔을 펼친 채 춤사위를 이어갔다. 그렇게 춤추던 꽃들이 제단으로 다시 돌아가자 이번엔 뱃노래굿이었다. 천장에 매달려 있는 용선은 신들이 오고 갈 때 타고 다니는 배였다. 신들이 그 배를 타고 극락으로 수미산으로 떠날 때에도 소지는 어김없이 타올랐다가 검은 재로 변해 허공으로 날아올랐다. 초롱등, 수박등이 물길, 하늘길을 밝혔고 대장무녀의 손에서 빙글빙글 돌던 탑등이 허공으로 솟았다가 천천히 내려왔다. 모두 단오제를 찾아온 온갖 신들을 배웅하기 위한 마지막 춤과 노래였다.

— 풍아, 그동안 애썼다.

— ……고맙습니다.

여성황의 목소리는 젖어 있었다.

— 섭섭해서 어쩐다니?

— 섭섭하긴 뭐가 섭섭해!

퉁명스런 성황의 목소리였다. 단오제단은 이삿짐을 꾸리는 집처럼 어수선했다. 천장에 매달렸던 등들과 배는 모두 바닥에 내려져 있었고 제단의 꽃들을 차지하려고 관객들이 몰려들었다.

— 정이 들었는데 왜 안 섭섭해요?

— 곧 만날 건데 뭐가 섭섭해.

— 그건 그거고 이건 이거지요. 풍아, 불에 타는 걸 무서워하면 안 된다. 소제(燒祭)는 더 좋은 곳으로 가기 위한 의례일 뿐이야.

— 풍이, 너 겁 먹은 거 아니냐?

— ……아닙니다.

— 불타는 게 겁나면 그냥 지게작대기로 살면 돼. 어쩔 테냐?

— 두렵긴 하지만……갈 수 있는 데까지 가보겠습니다.

— 그래, 풍아. 잘 가거라.

제관들이 제단으로 올라와 풍을 고정시켰던 끈을 풀었다. 풍은 제관의 품에 안겨 무대로 내려왔다. 풍은 대관령에서 내려올 때처럼 단오제단을 떠났다. 붉은 갓을 쓴 단은 다른 무녀들과 함께 뒤를 따랐고 관객들은 제단의 꽃을 하나씩 든 채 긴 줄을 만들었다. 양중들의 악기 소리가 요란하게 울

려 퍼졌다. 풍은 제관의 품에 안겨 나무다리를 건넜다. 건너
편은 자갈밭으로 이루어진 작은 섬이었다.

"풍아, 이제 작별이네."
굿에 사용된 무구들과 함께 자갈밭에 누워 있는 풍에게 다
가온 단이 말을 건넸다.
— 그래. 이제 작별이네.
"풍아, 널 만나서 행복했어."
— 나도 행복했어.
"풍아…… 우린 꼭 다시 만날 거야."
— ……그럴 수 있을까.
"그럴 수 있을 거야!"
석기가 플라스틱 통에 담긴 기름을 풍의 가지에 뿌렸다.
이윽고 대장무녀가 불을 붙였다. 바람은 풍이 떠나온 대
관령 쪽으로 불었다. 불길의 기세는 무서웠다. 수박등에

서 타오르던 불이 풍의 가지로 옮겨 붙었다. 말라가던 가지의 잎은 순식간에 형체를 잃고 사라졌다. 붉은 불길 속에서 검은 연기가 하늘로 피어올랐다. 거대한 소지처럼. 양중들의 악기 소리는 불길과 박자를 맞추듯 어우러졌다. 풍은 가느다란 가지부터 타오르는 불길을 느끼며 한 달이 채 되지 않는 여행을 떠올렸다. 나무로 태어나 처음 해보는 여행이자 마지막 여행이었다. 신목이 되지 않았다면 결코 경험할 수 없었던 여행이기도 했다. 풍은 타들어가는 가지를 바라보았다. 우려했던 것과 달리 뜨겁지 않았다. 불꽃 너머의 구경꾼들은 휴대폰으로 사진을 찍느라 바빴다. 구경꾼들 사이에 눈물을 흘리는 단이 있었다. 울지 않아도 되는데…… 손과 발이 있다면 불속에서 걸어 나가 단의 눈물을 닦아주고 싶었다. 이번 여행의 가장 큰 보람은 단을 만난 것이었다. 이 세상 어딘가에서 단과 다시 만날 수 있을까…… 그렇게만 된다면 결코 단의 눈에서 더 이상

눈물이 흘러내리지 않게 해주겠다는 생각을 하며 풍은 가만히 눈을 감았다. 눈을 감자 풍은 타버린 소지처럼 허공으로 둥실 떠올랐다. 저 아래서 허공을 향해 손을 흔드는 단을 마지막으로 본 풍은 바람을 타고 대관령을 향해 날아갔다.

안녕……

발문

강릉단오제와 영산홍가

이홍섭(시인)

강릉단오제는 참으로 신비한 축제이다. '천년 단오'라는 말이 있을 정도로 장구한 세월 동안 이어져온 역사성은 차치하더라도, 축제의 한가운데 신을 모셔왔다가 다시 보내는 영신(迎神)과 송신(送神)의 과정은 한 편의 대서사시를 떠올리게한다.

현재 정착된 공식 일정을 봐도 강릉단오제는 영신과 송신의과정을 축으로 한다. 신에게 바칠 신주를 빚는 것으로부터시작하여, 신을 모셔오고 다시 신을 보내는 송신제까지 장장30일 이상 전개되는 서사적인 축제가 바로 강릉단오제인 것이다.

강릉단오제는 지난 2005년 유네스코에 의해 '인류 구전 및

무형유산 걸작'에 선정되면서 '인류무형유산'으로 등재되었다. 한국으로서는 '종묘제례 및 제례악'(2001년)과 '판소리'(2003년)에 이은 세 번째 선정이었으니 강릉단오제에 대한 국내외의 평가가 어느 정도였는지 충분히 가늠이 되고도 남는다. 당시 유네스코 심사단은 "아직도 인류에게 이런 축제가 남아 있다는 것은 기적"이라는 평을 남겼다고 하는데, 이는 강릉단오제가 품은 역사성과 신비성을 잘 대변해주는 평이라 할 수 있다.

나는 운 좋게도 어릴 때부터 이 '기적'같은 강릉단오제를 바로 코앞에서 보고, 즐기며 자라났다. 강릉단오제가 펼쳐지는 남대천, 그것도 굿당 가까운 곳에 집이 있었기 때문이다. 지금은 신주를 빚을 때 쓰는 봉정미를 시민들이 자발적으로 내면서부터 단오 열기가 달아오르기 시작하지만, 내가 어릴 때만 해도 강릉단오제는 전국에서 서커스단이 모여들면서 서서히 달아올랐다. 축제가 시작되기 서너 달 전부터 공연장

의 뼈대가 올라가고, 미리 온 서커스단은 남대천 변에서 공
연 연습을 했다. 구슬픈 음악에 맞춰 난쟁이 단원이 공 굴리
기 연습을 하기도 하고, 일찍 도착한 동물들이 옹기종기 모
여 마치 작은 동물원 같은 풍경을 연출하기도 했다. 많을 때
는 대여섯 개 서커스단이 온 기억도 있다.

등하교를 하면서 매일 조금씩 올라가는 서커스 공연장과 하
나둘 늘어나는 서커스단 단원들, 그리고 평상시에는 접할 수
없는 신기한 동물들을 볼 때면 나도 모르게 그 어떤 절정
을 향해가는 설렘을 느낄 수 있었다. 이 설렘이 후끈 달아오
를 때쯤 되면 '기적'같이 강릉단오제가 확 펼쳐졌다. 강릉뿐
만이 아니라, 인근 도시에서도 찾아온 사람들은 파도처럼 밀
려다니며 축제를 즐겼다. 축제 기간에는 술에 취해 남대천에
뛰어들어도 허물이 되지 않는다. 강릉단오제가 펼쳐 보이는
이 순수한 자발성과 활기찬 역동성은 그 어떤 축제에서도 쉽
게 찾아볼 수 없는, 강릉단오제만의 힘이라 할 수 있다.

이처럼 어릴 때의 강릉단오제가 서커스단 공연장이 지어지면서부터 시작되었다면, 머리가 굵어지면서는 굿당이 지어지면서부터 시작되었다고 할 수 있다. 안 보이던 것들이 보이기 시작한 것이다. 나이가 든다는 것은 삶에 대한 질문이 많아지고, 자문자답의 시간이 늘어난다는 것을 의미한다. 그중에는 생사에 관한 질문도 있었고, 신에 관한 질문도 있었다. 예전에는 안 보이던 집 앞 굿당이 마침내 내가 만나는 강릉단오제의 한가운데 자리 잡게 된 것이다.

당시 굿당의 주요 관객은 나이 지긋하신 할머니들이었다. 이웃 도시에서 온 할머니들은 달걀을 잔뜩 삶아와 아예 굿당에서 숙식을 해결하기도 했다. 할머니들에게는 이 굿당이 곡절 많은 삶에 대한 한풀이의 무대이자, 부모 자식 잘되기를 기원하는 치성의 성소이기도 했다. 무녀들은 이 할머니들의 한풀이와 치성을 받아주는 신과 인간 사이, 성(聖)과 속(俗) 사이의 중재자이자 매개자였다. 신과 무녀 그리고 할머니들의 어울림 속에서 나는 앞으로 펼쳐질 내 삶의 희로애락도 어렴풋이 느낄 수 있었다.

강릉단오제가 많은 도시에서 인위적으로 만든 '운동장 축제'와 근본적으로 다른 점은 축제의 중심에 바로 이 굿당이 있다는 점이다. 강릉단오제의 서사가 응집되는 곳이 바로 이 굿당이고, 다음해 축제의 부활을 기약하는 곳 또한 이 굿당이다. 굿당에 영험한 신을 모셔놓았기 때문에 사람들은 축제 기간 내내 찌들었던 일상에서 벗어나 잠시나마 해방감을 느낄 수 있고, 축제가 끝나면 다시 일상으로 돌아갈 수 있다. 이처럼 강릉단오제는 짧은 기간이나마 신과 인간의 만남이 성사되는 시간이고, 신을 모신 굿당은 이 만남이 이루어지는 일종의 응접실이 되는 셈이다.

강릉단오제가 한 편의 대서사시에 비견되는 것은 영신과 송신의 과정이 순차적으로 진행되는 것은 물론, 각 과정에 드라마틱한 설화들이 펼쳐지고 있다는 점 때문이다. 산신 김유

신, 남성황신 범일국사, 여성황신 정씨처녀 등 역사 속의 구체적인 인물들이 신격화되고 드라마틱한 과정을 거쳐 남녀성황신이 세속의 부부와 같이 남녀성황신으로 자리 잡는 과정은 우리의 상상력을 크게 자극한다.

어릴 때, 집에 놀러 오신 친척 할머니의 손을 잡고 마실을 나간 적이 있었는데 마침 정씨처녀 집 앞을 지나가게 되자 그 친척 할머니는 어린 나에게 정씨처녀가 여성황신이 된 사연을 참으로 실감나게 말씀해주셨다. 나는 그날 이후 정씨처녀 집 앞을 지날 때면 상상의 나래를 무한히 펼치곤 했다. 돌이켜보니, 강릉단오제의 대서사시는 대를 거쳐 그렇게 전승되어온 것이었다.

머리가 굵어지고, 굿당에 머무는 시간이 늘어나면서 나는 참으로 많은 질문을 던지곤 했다. 과연 신은 있는 것인가, 있다면 어떤 모습일 것인가라는 원초적 질문에서부터 당대 최고의 선승이었던 범일국사는 어떻게 남성황신으로 존숭받게 되었고, 어쩌다 대관령 아랫마을 정씨처녀를 신부로 맞게 되었을까라는 질문까지 꼬리에 꼬리를 물게 되었다.

훗날 대학생이 되어 신목을 모시는 장면을 참관하러 처음으로 대관령국사성황당을 찾았을 때 받았던 느낌은 아직도 생생하다. 나는 혼자서 다른 사람보다 일찍 대관령을 올랐는데, 산신각과 성황당이 자리 잡고 있는 장소에 도착하자 다른 곳에서는 접하지 못한 묘한 기운이 느껴졌다. 안개가 채 걷히지 않아서 그런가 싶었지만, 다른 곳과는 확실히 다른 느낌이 있었다. 이 기운의 과학적 진위와는 상관없이 이곳에다 산신각과 성황당을 모시게 된 연유는 이 신묘한 느낌만으로도 십분 이해가 되었다.

김도연 작가는 이 대관령 인근에서 나고 자랐다. 오늘날 대관령은 행정구역상 면 단위가 되어 평창으로 귀속하였지만,

대관령은 강릉 사람들의 심리적 구역에서는 여전히 강릉 땅에 속해 있다. 작가가 그동안 대관령이 축이 되는 소설을 여러 편 발표한 것으로 미루어 살펴볼 때, 그에게 대관령은 상상력의 원천 중 하나인 것으로 보인다. 작가가 우화소설의 형식으로 강릉단오제를 녹여낼 수 있는 것도 대관령에서 나고 자라면서 길러온 상상력이 있었기 때문에 가능했을 것이다.

김도연 작가가 강릉단오제를 소재로 소설을 썼다고 했을 때 과연 이 장대한 서사를 녹여낼 수 있을까 싶었는데 우화소설의 형식으로 신과 인간의 교감, 성과 속의 만남을 풀어내는 것을 읽고 무릎을 쳤다. 특히 신과 인간, 성과 속 사이를 자유자재로 오가기 위해 자진해서 신목이 된 '풍'을 주인공으로 내세운 것은 탁월한 선택으로 여겨졌다.

소설을 다 읽고 나자 문득 「영산홍가」가 듣고 싶어졌다. 소설에서도 소개되고 있듯이 「영산홍가」는 무녀들이 신목을 모시고 대관령을 내려오면서 부르는 노래이다.

꽃밭일레 꽃밭일레 사월 보름날 꽃밭일레 기화자자 영산홍

이야에 에헤야 에이야 얼싸 기화자자 영산홍

일 년에 한 번밖에 못 만나는 우리 연분 기화자자 영산홍

이야에 에헤야 에이야 얼싸 기화자자 영산홍

여태까지 왔다는 게 이게 겨우 반쟁이냐 기화자자 영산홍

이야에 에헤야 에이야 얼싸 기화자자 영산홍

노래의 가사는 표면적으로 남성황신이 여성황신을 만나러 가는 과정과 느낌을 담고 있지만, 자꾸 듣다 보면 삶의 희로애락이 녹아 있는 노래로 다가온다. 굿당에서 신과 무녀 그리고 할머니들의 어울림 속에서 추체험했던 그 희로애락 말이다. 소설을 다 읽고 났을 때 문득 「영산홍가」가 듣고 싶어진 것은, 아마도 김도연 작가가 우화소설의 형식으로 그려낸 세계 역시 여기서 멀지 않기 때문이 아닐까.

작가의 말

어렸을 적부터 나는 늘 고갯길을 넘어 다니는 사람들이 궁금했다. 물론 그 고갯길은 고향집 근처에 있는 대관령이다. 흙먼지가 날리거나 눈보라가 치고 비가 쏟아지는 길을 버스나 트럭, 간혹 택시를 타고 그들은 어딘가로 가고 있었다. 나는 길옆에 서서 손을 흔들며 오래 바라보는 게 전부였는데 그 일은 전혀 지루하지 않은 영화였다. 어떤 날은 꽃상여가 천천히 지나가기도 했다. 소를 끌고 가는 사람은 더 자주 볼 수 있었다. 그 모든 게 대관령 극장의 스크린 위로 흘러가는 풍경이었는데 부럽고 또 부러웠다. 나도 그 풍경 속으로 들어가고 싶었지만 쉽지 않은 일이었다.

세월이 흘러 마침내 나도 대관령을 넘어 다니기 시작했다. 완행버스를 타고 아흔아홉 굽이의 대관령을 넘을 때 필수품은 당연히 검은 비닐봉지였다. 멀미를 수시로 했기 때문이다. 메슥거리는 속을 달래며 그렇게 대관령을 넘는 동안 나는 조금씩 어른이 되어가고 있었다. 비포장도로는 아스팔트로 바꾸고 이어서 고속도로라는 옷으로 갈아입었다. 그리고 지금까지 나는 얼마나 많이 대관령을 넘었을까. 심지어는 걸어서 넘어간 적도 있었다. 그러다가 소설가가 되었다.

그 세월 동안 대관령을 넘나드는 많은 것들 중에서 단연 내 관심을 끌었던 것은 바로 신목(神木)이었다. 신목은 강릉단오제가 열릴 때 대관령 국사성황사의 성황을 태우고 단오제단으로 가는, 지금으로 치면 전용 자가용이었다. 그런데 신목은 단오제가 열리는 동안 제단에 모셔졌다가 단오가 끝나면 불에 태워 하늘로 날려 보낸다는 얘기를 듣고 깜짝 놀랐다. 아무리 신목이라지만 그 운명을 받아들인다는 게 쉽지 않을 것 같다는 생각이 한동안 사라지지 않았다. 나는 그 나무, 신목의 삶을 위로하고 싶었다. 어느 봄날 신목이 된 단풍나무의 삶을 이야기로 써야겠다고 마음먹었다. 신목에게 이제 갓 무녀가 된 단(丹)을 친구로 만들어주기로 작정했다. 이 소설은 그렇게 태어났다.

단오제가 끝나던 날 초저녁 나는 강릉 남대천에서 신주(神酒)를 마시며 신목 풍(楓)을 배웅했다. 단(丹)은 저 뒤편에서 눈물을 훔치고 있었다. 나는 그들이 언젠가는 만날 것이라고 믿는다.

2024년 5월
김도연

달아실한국소설 19

풍의 여행

1판 1쇄 발행	2024년 5월 31일

지은이	김도연
발행인	윤미소
발행처	(주)달아실출판사

책임편집	박제영
편집위원	김선순, 이나래
디자인	전부다
법률자문	김용진, 이종진

주소	강원도 춘천시 춘천로 257, 2층
전화	033-241-7661
팩스	033-241-7662
이메일	dalasilmoongo@naver.com
출판등록	2016년 12월 30일 제494호

ⓒ 김도연, 2024

ISBN 979-11-7207-014-4 03810